KB094909

도검 新무협 판타지 소설

FANTASTIC ORIENTAL HEROES

패도무혼

패도무혼 5

도검 新무협 판타지 소설

초판 1쇄 찍은 날 § 2014년 2월 18일
초판 1쇄 펴낸 날 § 2014년 2월 25일

지은이 § 도검
펴낸이 § 서경석

편집부장 § 권태완
편집책임 § 박가연

펴낸곳 § 도서출판 청어람
등록번호 § 제1081-1-89호
등록일자 § 1999. 5. 31
어람번호 § 제2-2465호

주소 § 경기도 부천시 원미구 심곡2동 163-2 서경B/D 3F (우) 420-822
전화 § 032-656-4452팩스 § 032-656-4453
http://www.chungeoram.com
E-mail § chungeorambook@daum.net

ISBN 978-89-251-3730-8 04810
ISBN 978-89-251-3578-6 (세트)

5

覇刀無痕

패도무혼

도검 新무협 판타지 소설

FANTASTIC ORIENTAL HEROES

霸刀無魂

패도무혼

目次

1장

이 자리에서 모조리 죽이겠다

사도천 암천각의 총귀가 나타났다는 건 사도천의 수뇌부가 흑수라에 대해 깊은 관심을 가지고 있다는 걸 의미한다.

흑수라의 본신무공과 수위에 대해 철저히 파악을 해오라는 명을 받은 것이다.

하나 암천각과 총귀가 이미 놓쳐 버린 부분이 있었다.

흑수라와 철혈무검의 싸움이다.

두 사람이 이미 부딪쳤고, 그 결과가 철혈무검의 죽음이라는 사실을 아직 알아내지 못했다.

흑수라와 흑영대가 철저히 준비한 만큼, 완벽하게 해치워 버렸기 때문이다.

이는 천하영웅맹 밀첩부의 부부주 역시 마찬가지였다.

그 역시 철혈무검의 행방이 묘연하다는 보고만 받았지, 흑수라와 이미 격전을 벌였다는 사실은 보고받지 못했다.

그래서 지금 거리에서 벌어지는 싸움이 중요했다.

뇌전도(雷電刀) 화지홍과 벽력도문주 화군천이라면 십주의 반열에 올라섰을 거라고 알려진 흑수라의 무공을 모조리 끌어내 줄 테니까.

"과연 흑수라가 벽력도패를 죽일 정도로 강한지 볼까?"

암천각의 수장, 총귀의 눈빛이 날카롭게 빛났다.

흑수라(黑修羅)!

전장의 살귀!

그리고 흑영대주!

사도천 칠십이귀(七十二鬼)의 하나인 녹산귀를 일도로 갈라 버린 그가 대로에 우뚝 서 있다.

머리에는 칠흑 같은 철립을 썼고, 진한 흑빛의 장포 안에는 같은 색인 흑의 무복을 입었다. 그리고 수중에는 길쭉한 대도를 비껴들고 있다.

녹산귀를 둘로 쪼개 버린 그 칼이다.

대도의 칼날을 따라 붉은 핏물이 뚝뚝 떨어지고 있다.

죽은 듯한 고요가 그를 중심으로 사위를 짓누른다.

죽음의 기운을 몰고 온 염라왕의 사자와 같다.

영덕의 군중은 그 모습에 압도당했다.

뭐라 형용할 수 없는 강렬한 존재감이 사람들의 뇌리에 뚜렷이 각인되었다.

향후 흑수라라는 이름을 듣게 된다면 지금의 모습을 떠올리게 될 것이다.

"흑수라!"

정적을 깨뜨린 건 벽력도문주 화군천이다.

그의 분노가 흑수라 철혼의 존재를 부정하고 있다.

단숨에 달려들어 존재조차 남기지 못하도록 씹어 먹을 기세다.

그러나 정체를 알 수 없는 경계심이 그러지 못하도록 막고 있다.

고수의 직감이 조심하라고, 목숨을 걸라고 경고한다.

이십여 장.

두 사람 사이의 간격이다.

쓱! 턱을 치켜들고 고개를 든 흑수라, 철립 아래로 흉측한 상흔을 내보이더니 표정 하나 바꾸지 않고 걸음을 옮기기 시작했다.

단호하고, 주저함이 없다.

성큼 걷는 걸음을 따라 군중의 이목이 따라붙었다.

다섯 걸음 정도 걸었을 때다.

뼈다귀에 살가죽을 씌워놓은 듯 비쩍 마른 고루강시 하나가 흑수라를 덮쳐 왔다.

철각신개의 심장을 씹어 먹고, 낙산초자의 손과 머리통을 뜯어 먹은 그 강시다.

한 치 반에 달하는 시커먼 손톱을 곧추세우고, 쩍 벌린 입안에는 날카로운 송곳니가 흉흉했다.

생전의 무공이 상당한 모양인지 바람처럼 달려와 입을 쩍 벌리는 모습이 무척이나 빠르다.

걸음을 멈춘 흑수라가 시선을 돌렸다.

코앞까지 쇄도한 고루강시를 감흥 없는 시선으로 바라보더니 가차 없이 일도를 그었다.

고루강시를 상대했던 벽력도문의 숙객들이 눈을 빛내고 지켜봤다.

자신들과 간접적인 비교가 될 것이기 때문이다.

쩌억!

철벽을 두드린 듯 단단하기만 하던 고루강시가 단숨에 갈라졌다.

벽력도문의 숙객들은 충격에 빠졌다.

자신들은 다섯이 죽고서야 간신히 하나를 죽였는데, 흑수라는 단 일도로 죽여 버렸다.

무공의 격차가 얼마나 큰지 소름이 끼칠 정도였다.

고루강시 하나를 제압하는 데 꽤 애를 먹었던 뇌전도 화지홍의 얼굴색도 급변했다.

'형님께서 당하신 게 실력 때문이란 말인가?

오는 내내 그를 불안에 떨게 하던 것의 실체를 보는 것 같아 일말의 두려움마저 느껴졌다.

털썩! 털썩!

좌우로 갈라져 쓰러지는 고루강시.

흑수라는 아무 일도 없었다는 듯 고개를 돌리더니 화군천을 향해 다시 걸었다.

화지홍은 그 모습을 보며 화군천의 곁으로 다가가 어깨를 나란히 하고 섰다.

둘이 합공을 하겠다는 뜻을 대놓고 드러낸 셈이었다.

그러는 사이 흑수라가 두 사람의 오 장여 앞에서 걸음을 멈추었다.

"투항하겠다면 목숨만은 살려주겠소."

흑수라, 철혼의 한마디가 장내의 공기를 뜨겁게 달구었다.

"이놈! 감히 그따위 망발을!"

화군천이 격분했다.

부친과 동생을 죽인 놈이거늘 더 이상 무슨 말을 나눌까.

한걸음에 튀어나가 놈의 머리통을 분리시켜 버리려고 했다.

그런데 놈이 손을 쳐들었다.

놈이 왼손을 쳐들자 대로 양쪽 전각들의 지붕 위로 새까만 놈들이 개떼처럼 모습을 드러냈다.

대로로 뛰어들면 위에서부터 벽력도문의 삼백여 정예를 습격할 수 있는 위치였다.

"흑영대!"

화지홍이 놀라 부르짖었다.

철혼의 시선이 그에게로 향했다.

"맞소. 지금 당신들의 선택 여하에 따라 귀문의 삼백여 목숨이 이 자리에서 사라지게 될 것이오."

철혼은 좀 더 이성적인 판단을 할 수 있는 상대로 화지홍을 선택했다.

그러나 어떤 선택을 내리든 결정권은 문주인 화군천에게 있었다.

"닥쳐라! 감히 본 문을……."

"철혈문이 멸문한 것을 아시오?"

"뭐?"

당황하는 화군천.

화지홍 역시 자신이 잘못 들은 것인지 놀란 눈을 치떴다.

"철혈문의 문주는 물론이고 철혈무검 역시 죽었소. 지금 철혈문은 이름만 남아 있는 상태요."

"헛소리! 그따위 허언으로 누굴 속이려 드느냐!"

"벽력도패를 죽인 내가 철혈무검은 죽일 수 없다고 여기는 것이오?"

"이놈 말장난하지 마라!"

"말장난? 천하영웅맹 맹주부 소속 흑영대주였던 내가 삼백여 목숨을 가지고 장난하는 것 같소? 하긴 수천, 수만 민초의 삶이야 어찌 되든 말든 흑도방파의 뒷돈을 받아 챙겨온 당신들이니 목숨 가지고 장난할 수도 있겠지."

"닥쳐라!"

"당신이나 닥치고 똑바로 들어! 그간 벽력도문이 챙겨왔던 흑도방파의 뒷돈을 양민들에게 나눠 주고 손수 흑도방파들을 와해시키겠다면 벽력도문이 갱생의 길을 갈 수 있도록 지켜봐 주겠다. 만일 그렇게 하지 못하겠다면……."

"못하겠다면 어쩌겠다는 것이냐?"

"이 자리에서 모조리 죽이겠다."

철혼의 일갈이 천둥처럼 울렸다.

멀리서 지켜보던 영덕의 군중들은 혼란스러웠다.

수십에 불과한 숫자가 삼백여 무인을 협박하고 있었기 때문이다. 게다가 그 상대가 벽력도문이라질 않은가.

화지홍 역시 놀라긴 마찬가지.

하나 그는 철혈무검이 죽었다는 말조차 흘려 넘길 정도로 다른 생각을 하고 있었다.

'어차피 이곳에서 기다린 것 자체가 죽이기 위한 것일 터, 그럼에도 저리 말하는 이유가 뭘까?

흑영대가 아무리 강하다 하더라도 이쪽은 삼백이다.

설사 흑영대가 승리한다고 하더라도 절반 이상의 사상자가 발생할 것이 분명하다. 그럼에도 저렇게 모습을 드러낸 이유가 뭘까?

벽력도문의 치부를 고함으로써 흑영대의 소행에 대의와 명분이 있다는 것을 역설하려는 것은 알겠다.

하나 그것만으로는 설명이 되지 않는다.

은닉하고 있던 흑영대가 굳이 모습을 드러낼 필요가 없다.

'자신이 있다는 건가?

바로 습격하지 않고 당당히 모습을 드러낸 이유.

아무리 생각해 봐도 자신감 외에는 없다.

이쪽이 방비를 해도 피해 없이 몰살에 가까운 치명타를 입힐 수 있다는 자신감.

'그게 가당키나……!'

의문의 꼬리를 물고 있던 화지홍의 뇌리에 번뜩 떠오른 광경이 있었다.

벽력도패 화군홍의 가슴에 박혀 있던 그것!

'설마?'

화지홍이 대경하여 전각 지붕 위의 흑영대에게로 시선을 돌린 순간이었다.

"벽력도문은 들어라! 이놈들은 혹세(惑世)하고 무민(誣民)하는 사마외도의 무리다. 한 놈도 남기지 말고 쓸어버려라!"

화군천의 선언.

화지홍이 만류하기도 전에 한줄기 뇌성처럼 대로를 쩌렁 울렸다.

그와 동시에 벽력도문의 무인들이 말에서 뛰어내렸고, 일부 실력자들은 말 등을 박차고 날아올랐다.

당황한 화지홍이 철혼을 돌아봤다.

철혼의 손이 빠르게 내려왔다.

화지홍은 다급히 전각의 지붕 위로 시선을 돌렸다.

순간 그는 보았다.

흑영대원들이 발사해 대는 강전들을.

한 번에 날아가는 강전의 숫자는 스물다섯 개였다. 하나 귀궁노는 일곱 발까지 연사가 가능했다. 그리고 그 파괴력은 화지홍 등의 상상을 초월하는 것이었다.

"크악!"

지붕을 향해 신형을 날렸던 자들이 비명을 지르며 땅으로 추락했다. 이십여 명이 날아올랐는데, 단 한 명도 지붕 위로 올라서지 못했다.

"컥!"

"크악!"

양쪽 전각의 출입문을 향해 빠르게 달려가던 이들 역시 반대편 지붕에서 발사해 대는 강전에 맞아 그 자리에 주저앉기 일쑤였다.

강전은 두세 명을 한꺼번에 관통해 버렸다.

비명이 마구 터져 나오는 가운데 몇몇이 건물 안으로 뛰어 들어가는 데 성공했다.

하지만 학살은 그 안에서도 벌어졌다.

섭위문과 탁일도를 위시한 조장들이 난입하는 족족 무차별적으로 도살해 버렸다.

보다 못한 벽력도문의 소문주인 화무린이 세 명의 숙객과 함께 둘씩 나누어 빠르게 달려갔다.

"멍청한 놈들! 수하들이 모조리 죽어 나자빠진 후에 나타나면 뭐하냐!"

탁일도가 큰소리로 비아냥거리며 화무린을 향해 거침없는 일도를 휘둘렀다.

쓰쾅!

놀랍게도 벽력도문의 소문주가 흑영대의 일개 조장을 어찌지 못하고 뒤로 튕겨 버렸다.

"혼자 파리나 쫓던 칼로 사도천의 살흉들을 주살하던 내 칼을 상대하겠다는 것이냐!"

탁일도의 일갈에 화무린이 얼굴을 일그러뜨리며 함께 온 숙객과 동시에 달려들었다.

그러나 탁일도와 오조장 백운산의 벽을 부수기에는 역부족이었다.

"이놈, 흑수라!"

화군천의 분노가 극에 달했다.

벽력도문의 정예 삼백이 순식간에 일백으로 줄어버렸고, 지금도 계속 줄어들고 있었다.

"죽여 버리겠다!"

분노가 폭발한 화군천이 천둥 같은 고함을 지르며 오른발을 척 내밀었다.

그러자 단단한 대로의 땅이 '쿵!' 하는 굉음을 토하며 흙먼지가 확 일어났다.

이어 화군천이 두 무릎을 살짝 굽혔다가 펴자 땅이 움푹 꺼지더니 그의 신형이 철혼을 향해 폭발적으로 쏘아졌다.

천붕비(天崩飛)라는 신법으로 벽력도패가 철혼을 상대할 때 시전한 적이 있었다.

"모두 목숨을 걸어야 할 것이네!"

화지홍이 외치며 화군천의 뒤를 따라 신형을 날렸다.

그와 동시에 벽력도문의 숙객 네 명이 좌우로 쫙 펼쳐졌다가 철혼을 향해 빛살처럼 모여들었다.

"죽어라!"

한껏 치켜든 화군천의 칼에 절대에 가까운 살기가 무섭게 소용돌이쳤다.

대도를 뒤로 늘어뜨리고 있는 철혼을 두 쪽으로 쪼개 버리겠다는 기세가 역력했다.

쾅!

첫 번째 격돌!

철혼의 대도와 화군천의 칼이 정면으로 부딪쳤다.

"크윽!"

놀랍게도 화군천이 뒤로 튕겨져 버렸다.

곧바로 들이닥치는 화지홍을 비롯한 다섯 명의 고수.

격돌 직후라 철혼이 이격을 펼치기에 녹록치 않은 상황이다.

하나 어지러운 난전에 특히 강한 철혼이고, 다섯 명의 고수는 근자에 치열한 혈전을 벌여본 적이 없었다.

파팟―!

철혼의 신형이 자리에서 사라졌다.

"엇!"

팔숙 중 누군가가 당황성을 내뱉을 정도로 돌연한 상황이다.

쾅!

화지홍이 철혼의 위치를 잡아챈 순간 철혼의 이격이 화군천과 격돌하고 있었다.

화지홍을 비롯한 다섯 고수가 들이닥치기 전에 튕겨나가는 화군천을 향해 전광처럼 따라붙은 것이다.

그 동작 하나가 화지홍을 비롯한 다섯 고수를 바보로 만들고 화군천을 위기로 몰아넣어 버렸다.

쾅!

세 번째 격돌로 화군천을 밀어낸 철혼이 빙글 돌았다.

대도의 칼날이 허공을 수평으로 갈랐다. 그 기세가 어찌나 가공했는지 뒤에서 쫓아오던 다섯 고수가 기겁하여 걸음을 멈추고 말았다.

바로 그 순간.

화군천을 향해 돌아선 철혼이 대도를 수직으로 그었다.

천중에서부터 천지를 양단하듯 거침없이 떨어져 내리는 일도에 시퍼런 뇌기가 폭발할 듯 튀겼다.

번— 쩍!

"문주!"

화지홍의 다급한 고함을 질렀다.

그러나 그것만으로는 되돌릴 수 없었다.

벽력도문의 문주 화군천의 죽음을!

"……!"

모든 게 정지해 버린 화군천.

염왕의 사신처럼 우뚝 서 있는 흑수라의 모습을 두 눈에 가득 담은 채 그 자리에 쓰러졌다.

가슴이 쩍 갈라진 채로.

"무, 문주……."

화지홍이 믿을 수 없다는 표정으로 중얼거렸다.

그의 곁에 나란히 선 네 명의 숙객도 마찬가지였다.

단 네 번의 칼질로 벽력도문주를 죽여 버린 철혼이 그들을 향해 돌아섰다.

"투항하면 벽력도문의 이름만은 남겨주지."

철혼의 두 눈이 무시무시한 빛을 뿜었다.

"맙소사!"

그리 멀지 않은 전각의 창가에서 지켜보던 천하영웅맹 밀첩부의 부부주가 자리를 박차고 일어났다.

단 네 번의 칼질로 벽력도문의 문주를 죽여 버리다니 실로 믿기지 않은 일이었다.

"전, 전서를 날려라. 어서 전서를 날리란 말이다."

부부주가 당황하여 수하를 닦달했다.

그러다 생각이 난 듯 건너편 전각에 있는 사도천 암천각의 총귀를 바라보았다.

이제껏 태평하게 자리에 앉아 있던 그 역시 자리에서 벌떡 일어나 있었다.

'그래, 놀랐겠지. 저런 자가 천하영웅맹 소속이었다. 망할! 흑수라와 흑영대가 사도천을 박살 냈다고 들었을 때는 그렇게 좋았었는데… 저들을 내친 건 원로원의 실수 같아.'

부부주는 허탈한 표정을 지으며 자리에 털썩 주저앉았다.

*　　　*　　　*

"사망 없고, 부상 두 명이 있습니다."

"부상?"

"유검평이 팔뚝에 약간의 자상을 입었습니다. 탈명비(奪命飛)의 비도 날리는 솜씨가 예상보다 뛰어났던 모양입니다."

"그래도 그렇지. 맹주부에 있을 때 철립을 지급한 것으로 아는데?"

"아직 능숙하게 다루지 못하는 모양입니다."

"소홀했군."

"그런 것 같습니다."

"조장 책임이야. 신경 좀 쓰라고 해."

"예."

고개를 숙이는 섭위문.

철혼은 더 이상 언급할 필요가 없다고 판단했다.

칼을 다루는 것 못지않게 철립을 다루는 것도 능숙해야 한다.

유사시 목숨을 지켜주는 데는 철립만 한 게 없다.

벽력도문의 숙객인 탈명비 정도 되는 이가 날리는 비도조차 철립 하나만 있으면 충분히 막을 수 있다.

사전에 탈명비의 비도를 조심해야 한다는 말이 있었음에도 상처를 입었다는 건 유검평 본인의 과오이고, 조장인 탁일도의 불찰이다.

팔에 약간의 부상을 입은 걸 천행으로 알고, 철립을 능수능란하게 다룰 수 있도록 훈련을 해야 할 것이다.

"또 누가 다쳤지?"

"이조장입니다."

"탁 조장이?"

철혼의 표정이 급변했다.

섭위문은 빠르게 말을 덧붙였다.

"염려할 정도는 아닙니다. 벽력도문의 소문주를 혼자 상대하겠다고 날뛰다가 눈 먼 칼에 약간의 상처를 입은 모양입니다."

"호승심 때문인가?"

"무공이… 간만에 진전이 있다 보니 확인해 보고 싶었을 겁니다."

철혼의 미간이 찌푸려졌다.

같은 무인으로서 탁일도의 마음을 이해 못하는 바는 아니다. 하나 지금 흑영대가 처한 상황이 그렇게 여유롭지가 않다. 방심 못지않게 상황 파악 못하고 날뛰기 십상인 호승심 역시 철저히 경계해야 할 때다.

"분별력이 없는 탁 조장이 아니잖습니까. 또 힘겨운 시기인 만큼 답답한 숨통을 트여준다 여기시고 모른 척하십시오."

"그렇게 답답한가?"

"대주님은 아닙니까?"

"나?"

"근래에 들어 대주님 역시 앞뒤 안 가리고 날뛰었잖습니까."

순간 철혼이 뒤통수를 한 대 맞은 표정을 지었다.

"내가 그랬나?"

"벽력도패를 상대할 때 특히 그랬습니다."

철혼은 곰곰이 생각해 봤다.

선상에서의 첫 번째 싸움과 바다에서의 두 번째 싸움, 나름대로 생각한 바가 있어 끝장을 보려고 했고, 홀로 상대했던 것인데, 대원들의 시선에서는 날뛰는 걸로 보일 수도 있겠다 싶다.

'아니, 진짜 앞뒤 못 가리고 날뛴 것일 수도……'

나름 생각한 바가 있다는 것 역시 이성이 흔들린 상태에서 내린 결정일 테니, 아니라고 반박할 수가 없다.

철혼은 고개를 끄덕여야 했다.

"내가 너무 내 생각만 하고 있었군."

"그 정도는 아닙니다. 대주님께서는 충분히 잘하고 계십니다."

"잘하고 있는 정도로는 안 돼. 빈틈이 없어야지."

"……?"

"일단 알았으니, 마저 마무리를 하자고. 사조장은 어디에 있지?"

"저쪽 황등이 걸려 있는 객잔입니다."

"다녀올 테니, 일조장은 여기 뒤처리를 하도록 해."

"알겠습니다."

철혼은 섭위문을 뒤로하고 사조장 지장명이 기다리고 있는 곳으로 향했다.

황등 두 개가 걸려 있는 객잔 안으로 들어간 철혼은 곧장 이층으로 향했다.

그곳에 사조장 지장명과 사조원들이 귀궁노를 겨눈 채 다섯 명의 무리를 억류하고 있었다.

바로 천하영웅맹 밀첩부의 부부주와 그의 수하들이었다.

"밀첩부 부부주이시지요?"

"그렇… 소."

"앉읍시다."

철혼이 먼저 자리에 앉자 부부주 역시 자리에 앉았다.

잔뜩 경계하는 표정을 짓고 있는 것으로 보아 적잖이 당황하고 있음이 분명했다.

"수하들입니까?"

"그렇소."

"천하영웅맹, 아니, 원로원과 부부주님 둘 중 어느 쪽을 더 따르겠느냐고 묻는 겁니다."

"이들은 내 수하이오."

부부주가 단호히 말했다.

부부주만의 착각인지는 알 수 없으나 그렇게 믿고 있는 눈치이니 그것으로 충분했다.

"알겠습니다. 그럼 그렇게 알고 이야기해 보도록 합시다."

"무슨 이야기를⋯⋯?"

"흑영대의 적은 원로원이지 천하영웅맹 전체가 아닙니다."

"⋯⋯!"

"밀첩부 소속이니 그 어느 부서보다 눈과 귀가 열린 곳일 터, 그간 맹주부와 본 대가 얼마나 부당한 대우를 받았는지 모르지 않으실 겁니다."

그렇게 운을 뗀 철혼은 부부주의 반응을 보아가며 나직하나 힘 있는 어조로 이야기하기 시작했다.

"맹주님께서 그렇게 물러난 건 원로원의 탐욕이 부른 재앙입니다. 그 늙은 아귀들은 천하영웅맹을 이용해서 천하를 먹어치우려고 합니다. 사도천과의 싸움에 얼마나 많은 사람이 피를 흘리게 될지는 그들의 관심 밖입니다."

부부주의 표정은 변화가 없었다.

그러나 기운까지 변화가 없는 건 아니었다.

철혼은 부부주의 기운이 흔들린다는 걸 감지하며 계속 말을 이어나갔다.

"소면검 양교초가 원로원에 반기를 든 것도 그 때문일 겁니다. 애초 맹주부가 했어야 할 일을 그가 하고 있는 것이지요. 그런 부분에서 보면 맹주님께서는 참 유연하신 성품입니다."

양교초 이야기가 나오자 부부주의 기운이 더 크게 흔들렸다.

그가 이곳까지 온 게 원로원이 아닌 양교초의 입김 때문이라는 증거였다.

그렇다면 말을 돌려가며 반응을 살펴볼 이유가 없다.

곧바로 의표를 찌른다.

"가서 양교초에게 전하십시오. 흑영대의 목표는 원로원이고, 십주라고. 공동의 목표가 있는 이상 뜻을 모으지 못할 이유가 없을 거라고."

철혼의 말에 부부주의 얼굴 표정이 급변했다.

생각지도 못한 상황이리라.

"철혈문과 벽력도문이 무너졌습니다. 나머지 십주의 문파들 역시 하나씩 쓰러지게 될 것입니다. 흑영대의 앞을 막지 말라고 하십시오. 그리하면 십주가 무너지는 날 흑영대라는 이름을 더 이상 듣지 않게 될 거라고 전해주십시오."

철혼은 쐐기를 박듯 말하고는 자리에서 일어났다.

가벼운 포권으로 적이 아님을 보여주고는 등을 돌렸다. 지장명과 사조원들 역시 철혼을 따라 사라졌다.

부부주는 멀어지고 있는 철혼과 흑영대의 뒷모습을 멍청히 바라보았다.

"맹주부가 남아 있을 때 뜻을 합쳤으면 좋았을 것을……."

객잔 밖으로 나온 철혼은 지장명을 향해 나직이 물었다.

"어땠나?"

"잘하셨습니다."

"효과가 있을까?"

"그거야 모르지요."

"너무 무책임하군."

"이미 말씀드렸잖습니까. 그냥 찔러나 보는 거라구요. 저들 중에 원로원의 줄을 잡고 있는 이가 있다면 소면검과의 대치가 더 심각해질 테고, 아니라면 저들의 입을 통해 본 대의 뜻이 전해질 테니, 운이 좋으면 흑영대와 싸워서는 안 된다는 말들이 여기저기서 나오겠지요."

"머리 아프군. 그런 게 도움이 되나?"

"눈에 보이지 않는 이득이라고 무시하면 안 됩니다."

"무시하겠다는 게 아니라… 골 아프군. 어쨌든 사조장 말대로 했으니, 이제 청원(淸遠)으로 가면 되겠군."

"정말 할 겁니까?"

"당연히 해야지. 전리품을 챙기는 건 승자의 권리잖아."

맞는 말이지만, 왠지 초라하다는 생각을 금할 수가 없다.

하나 어쩌겠는가. 이게 흑영대의 현실인 것을.

"이왕 하는 거 걸리는 족족 털어버리죠?"

"당연한 말을!"

결의에 찬 철혼의 말에 지장명은 웃음이 나오려는 것을 가까스로 참았다.

월궁루(月宮樓).

철혈문이 있는 양산과 광주(廣州)를 잇는 청원(淸遠)에 자리한 기루.

월궁루의 기녀치고 미인 아닌 이가 없고, 방중술 또한 하나같이 출중하여 만족하지 못한 사내가 없다고 한다.

특히 월궁루주의 미색은 발군 중의 발군이라 광동제일미라 불리는 천화루의 은소봉과 더불어 광동이대미녀로 손꼽힌다.

청원 제일기루 월궁루.

오늘 밤도 월하에 불야성을 펼쳐놓고 있다.

수십 개의 청등과 홍등이 휘황찬란한 불빛을 뿌리고 있는 오층전각.

최상위층인 오 층 창가에 나체의 미부인이 서 있다.

희고 고운 살결에 봉긋하게 솟아 있는 젖가슴과 잘록한 허리 그 아래로 신비롭게 자리한 비림.

매혹적이다 못해 뇌쇄적인 모습이다.

얼굴에 드러난 세월의 흔적만 아니라면 천하를 질타하고도 남을 미모였다.

월궁루주!

요화(妖花)!

사도천 삼십육살(三十六殺)의 하나인 음살요화(淫殺妖花) 그녀였다.

그녀의 뒤로 새하얀 침상이 보였다.

침상 위에는 시뻘건 피를 쏟아낸 시체 한 구가 목이 잘린 흉물스런 모습으로 나뒹굴고 있었다.

흉불악을 기다리다 지친 음살요화가 욕정을 채우기 위해 불러들인 수하였다.

음살요화의 몸을 더욱 뜨겁게 만들어놓고는 홀로 폭발해 버린 대가였다.

"망할 늙은이, 어디서 이년, 저년 닥치는 대로 맛보고 있는 모양이군."

돌아오지 않는 흉불악을 욕했다.

살기까지 내비쳤다.

수십 년 동안 수백 명의 사내를 맛본 음살요화였다.

어린놈부터 시작해서 곰처럼 우직한 놈, 철탑처럼 단단한 놈, 귀공자풍의 호색한은 물론이고, 심지어 양물의 크기가 팔뚝만한 놈과는 날이 새도록 온갖 체위로 뒤엉켜 보았다.

하나 머리끝까지 환희와 절정이 차오르도록 만들어준 놈이 없었다.

"망할 늙은이, 돼지 같은 인간이 그거 하나는 끝내준다니까."

흉불악 이야기다.

절정 위에 절정이 또 있음을 몸소 알게 해준 인간이다.

몇 날 며칠을 그 인간 아래에서 쾌락의 절정을 맛보았다.

온몸이 녹아버리는 것 같은 정말이지 말로 형용할 수 없는 쾌락의 극치였다.

자존심 다 버리고 지금까지 그 인간의 정액받이가 되고 있는 이유다.

그래서 누구에게도 빼앗길 수 없다.

공유할 생각도 없다.

그에게 꼬리를 흔들었다가 가랑이가 찢겨 죽은 계집이 열손가락이 넘는다.

음살요화가 손수 죽였다.

물론 죽은 여인들이 꼬리를 흔들었다는 건 사실과 다르다.

그녀들은 흉불악에게 겁간당했다.

음살요화가 자리를 비운 사이에 월궁루의 기녀들이 불려와 강제로 당했고, 여염집의 여인들은 녹산귀가 은밀하게 잡아다 바쳤다.

분노한 음살요화는 흉불악에게 겁간당한 기녀들과 여인들의 가랑이를 손수 찢어 죽였다.

그 참혹한 광경이 흉불악의 살심과 변태적인 욕정을 자극하여 그 자리에서 질펀한 정사를 벌이곤 했다.

음살요화에게도 그건 또 다른 자극이었다.

"망할 늙은이!"

욕설을 내뱉은 음살요화의 손이 자신의 비지로 향했다.

수하의 정액과 자신의 애액이 아직 뜨겁게 뒤섞인 곳이었다.

"으음!"

매끈한 손가락 하나가 비림 속으로 미끄러져 들어간 순간이었다.

"……!"

음살요화가 흠칫했다.

약간 벌어져 신음을 흘리던 입술이 굳게 다물어졌다.

두 눈엔 경계의 빛이 잔뜩 서렸다.

"잠시 실례하겠소."

굵은 음성.

필시 사내의 것이다.

음살요화는 자신도 모르게 뒷걸음쳤다.

그녀의 발이 침상에 막힌 순간 바람 소리와 함께 시커먼 인영이 활짝 열린 창문 안으로 날아 들어왔다.

"누구냐?"

음살요화가 물었다.

머리부터 발끝까지 실오라기 하나 걸치지 않은 그녀였지만 수치심 따위는 찾아볼 수가 없다.

사내에게 알몸을 보이는 것 정도로 낯부끄러워할 그녀가 아니었다.

"옷부터 걸치시오."

사내가 말했다.

순간 음살요화의 얼굴에 안도의 기색이 스쳐 갔다.

'애송이로군.'

머리에 시커먼 철립을 쓰고 있어 얼굴을 확인할 수 없지만, 옷을 걸치라고 하는 것으로 보아 애송이가 틀림없다. 아니면 군자인 척 행세하는 사내놈이든지.

어느 쪽이든 상관없다.

옷을 걸치라고 한 순간부터 주도권은 이쪽으로 넘어왔으니까.

"어차피 벗고 있는 몸, 편하게 이야기해요."

음살요화는 침상에 다리를 꼬고 걸터앉았다.

젖가슴은 보여줘도 비지는 감추는 게 좋다.

사내를 유혹하는 데는 전부 보여주는 것보다 살짝 감추는 게 더 효과적이기 때문이다.

"설사 춘약과 극락향에 중독되었다 하더라도 칠십 넘은 할망구를 덮칠 생각은 없으니까, 그만 옷을 입지?"

사내, 철혼이 건조한 목소리로 말했다.

여인이라 하여 죽이지 못할 이유가 없다.

적은 적일뿐이다.

하지만 여인의 알몸을 베는 건 꺼려진다. 그게 사내이기 때문인지 아니면 다른 이유가 있어서인지는 모르겠다.

출렁이는 젖가슴을 보면서 베고 싶지 않을 뿐.

그래서 옷을 입으라고 한 거다.

"날 알고 있군."

음살요화의 눈썹이 꿈틀거렸다.

자신을 알고 있다면 이야기가 달라진다.

음살요화는 손을 뻗어 자신의 옷가지를 끌어당겼다. 침상의 핏물이 옷에 묻었지만 개의치 않았다. 아니, 철혼의 존재감에 돌아볼 생각도 못했다.

천천히 옷을 걸치면서도 철혼에게서 시선을 떼지 않았다.

그 와중에 철혼의 정체에 대해 생각했다.

오래 걸리지 않았다.

옷을 입기도 전에 떠오른 이름 하나가 있었다.

근자에 들어본 이름이다.

"흑수라? 네놈이 흑수라냐?"

속이 내비치는 나삼을 걸쳐 입은 음살요화가 눈을 사납게 뜨며 물었다.

흑수라가 이곳에 나타났다는 건 둘 중 하나다.

흉불악이 죽었거나 두 사람이 만나지 못한 것이다.

하나 아무래도 전자일 것 같다.

"사도천의 요화. 지옥에서 염왕이 묻거든 흑수라가 죽었다고 하시오."

말과 동시에 철혼이 음살요화를 향해 쇄도했다.

번개같이 빨랐다.

하나 음살요화 역시 만반의 대비를 하고 있었다.

상대가 흑수라라는 것을 안 순간부터 싸울 생각을 버렸다.

피잇!

음살요화가 좌수를 떨치자 날카로운 파공음이 철혼을 향해 쏘아졌다.

고개를 젖혀 피하는 철혼의 뒤로 '쾅!' 하는 굉음과 함께 벽에 큼지막한 구멍이 뚫렸다.

동시의 순간 철혼의 코앞으로 시커먼 무언가가 날아왔다.

사람의 머리통이다.

침상에 뒹굴고 있던 머리통이 철혼을 향해 쾌속하게 날아왔다.

철혼은 피하지 않았다.

철곤을 휘둘러 머리통을 한쪽으로 날려 버렸다.

하나 그게 다가 아니었다.

이번에는 목이 없는 시체가 눈앞으로 달려들었다.

철곤을 휘둘러 시체를 옆으로 쳐내려는 순간, '픽!' 소리와 함께 시체의 가슴을 뚫고 나온 뭔가가 철혼의 정면으로 날아들었다.

뿐만 아니라 새하얀 채대가 마치 채찍처럼 용틀임을 하며 측면에서 사납게 달려들었다.

철혼은 좌수를 뻗었다.

천뢰장으로 정면에서 날아드는 암기와 시체를 한꺼번에 날려 버리고, 오른손에 쥔 철곤으로 음살요화를 공격할 생각이었다.

콰— 릉!

굉음과 함께 시퍼런 뇌기가 작렬했다.

시체의 가슴을 뚫고 나온 암기가 박살이 나고 시체 역시 왔던 곳으로 되돌아갔다.

바로 그 순간 천장에서 굉음이 폭발하더니 큼지막한 구멍이 뻥 뚫렸다.

음살요화가 천장에 구멍을 뚫고 달아난 것이다.

철혼은 급히 신형을 날려 구멍 밖으로 튀어나가 지붕 위로 올라섰다.

그사이 줄지어 서 있는 전각들의 지붕을 밟고 빠르게 멀어지고 있는 음살요화의 뒷모습이 보였다.

놓친 것이다.

철혼은 자신의 실수에 눈살을 찌푸렸다.

'방심했다.'

확실히 방심한 게 맞다.

무공 수위가 올라가면서 마음 한편이 여유로워졌다.

아무래도 그 여유가 방심을 불러온 모양이다.

이제라도 알았으니 앞으로는 그와 같은 실수를 되풀이하지 말아야 한다.

철혼의 눈빛이 차갑게 가라앉았다.

2장

나에겐 두 분의 가르침과 믿음이 있다

지붕의 구멍을 통해 안으로 들어간 후 출입문을 열었다.

복도에 십여 명이 보였다.

안에서 그 같은 난리가 났는데도 들어오지 않은 건 평소에 그렇게 하도록 교육을 받은 모양이다.

"사도천인가?"

당황하던 놈들이 더 당황한다.

더 물을 것도 없다.

복도 끝까지 한 걸음에 관통했다.

퍼버버버벅퍼퍼퍽퍽!

가죽북 두드리는 소리가 요란하더니 모조리 복도에 드러누웠다.

돌아볼 것도 없이 계단을 통해 아래로 내려갔다.

사 층 복도에 피가 홍건하다.

널브러진 시체가 이십이 넘는다.

"어? 벌써 끝나셨습니까?"

사조장 지장명이 물었다.

반대편 끝에 있는 실내에서는 싸움이 한창이다.

폭발적인 기세로 보아 이조장이다.

아니나 다를까. 잠깐 기다리자니 '쾅!' 하는 굉음과 함께 벽에 구멍이 뚫리더니 한 사람이 복도로 튀어나와 나뒹굴었다.

이어 곰 같은 체구가 벼락같이 튀어나와 막 일어서려는 사람을 향해 온몸으로 부딪쳤다.

쾅!

두 사람은 벽을 뚫고 반대편 실내로 나뒹굴었고, 곧이어 몇 차례의 묵직한 격타 소리가 들려오더니 잠잠해졌다.

덜컹!

문이 열렸다.

그리고 피와 먼지가 범벅인 사내가 복도로 나왔다.

"사조장! 조사를 어떻게 한 거야! 요화 외에는 고수가 없다며?"

탁일도였다.

사 층을 처리하는 와중에 생각지도 못한 고수가 있어 악전을 치렀다.

그래서 약간의 짜증이 나 있었다.

"실수가 있었던 모양입니다."

지장명이 사과를 했다.

하나 굳이 그럴 것까지는 없었다.

오랫동안 조사를 한 것도 아니고, 녹산귀의 아래에 그보다 강한 고수가 있을 것이라고 누가 알았겠는가.

상급자보다 강한 하급자.

이런 일은 천하영웅맹 내에도 비일비재한 일이 아니던가.

알아서 조심했어야 했다.

하나 탁일도는 그렇게 여기지 않는 모양이다.

"흑영대면 흑영대답게 제대로 해! 감찰단 애새끼들처럼 흐리멍텅하게 굴지 말라구. 다들 알았어?"

"예."

지장명이 대답했고, 다른 대원들은 제 가슴팍을 두들겨 알아들었다는 시늉을 했다.

"맹수는 토끼를 사냥할 때도 최선을 다한다는 말이 괜히 있는 게 아니야. 대주님을 봐. 다들 알겠지만, 실수를 한 적이 있어? 실력도 실력이겠지만, 언제나 긴장의 끈을 놓치지 않기 때문에 실수가 없는 걸 거다. 이 기회에 해이해진 마음을 다잡도록 해라. 그게 동료들의 목숨을 지켜주고, 스스로의 목숨을 지키는 길이다. 알았나?"

"예."

대답하는 지장명과 가슴팍을 두들기는 대원들.

탁일도는 고개를 끄덕였다.

사실 짜증이 난 건 아니었다. 그런 척한 것뿐이었다.

근자에 들어 대원들의 긴장감이 늦추어진 것 같아 기회를 엿보고 있던 차였고, 오늘 기회가 왔다.

대원들의 반응을 보니 알아들은 것 같다.

그러면 되었다.

탁일도는 철혼을 돌아봤다.

"수고하셨습니다."

"나야 뭐……."

"음살요화의 음기가 장난이 아니라던데, 숫총각인 대주님의 숫기로 버틸 만했는지 모르겠습니다?"

탁일도가 웃으며 농을 걸었다.

대원들 역시 웃으며 철혼을 돌아봤다.

엄격할 때는 엄격한 거고, 지금은 웃으며 긴장을 풀어야 할 때다.

한데 철혼의 표정이 이상하다 싶더니.

"놓쳤다."

"예?"

"방심했고, 실수했다고."

등을 돌린 철혼은 계단이 있는 곳으로 향했다.

지장명이 서둘러 물었다.

"어딜 가십니까?"

"지하에 있는 일조장한테 가서 해이해진 마음 좀 다스려야겠어."

계단을 통해 아래로 사라지는 철혼.

"험! 하필이면 오늘 실수를 하셨다냐?"

"그러게요. 공교롭게 하필이면……."

말을 끊으며 고개를 젓는 지장명.

잠시 철혼이 사라진 방향을 바라보더니 등을 돌렸다.

"어디 가냐?"

"오 층에 갑니다."

"거긴 왜?"

"우리가 여기 온 이유를 잊었습니까?"

"아! 어서 가봐라."

"함께 안 갑니까?"

"난 여기 시체들이나 치우마."

"그럼 그러십시오."

지장명은 두 명의 조원을 데리고 오 층으로 사라졌다.

탁일도는 나머지 대원들에게 시체들을 치우라고 명한 후 철혼이 사라진 방향을 다시 돌아봤다.

"근데 저 독종이 왜 실수를 했을까? 여자라고 봐줄 위인이 아닌데……."

*　　　　*　　　　*

천하영웅맹.

천룡대제전이 한창이었다.

천하의 절반을 차지한 천하영웅맹답게 그 규모가 실로 엄청났다.

정문을 지나자마자 처음 만나는 광활한 넓이를 자랑하는 앞마당에 이 층 높이의 비무대가 설치되었는데, 참가자들의 무위를 고려하여 그 귀하다는 흑철목이 대거 사용되었다.

아름드리 두께의 흑철목으로 버팀목을 만들고 그 위에 직경이 십여 장에 이르는 거대한 원형의 무쇠 철판을 올렸다.

어지간한 충격으로는 끄덕도 하지 않을 터.

천하영웅맹의 천룡들이 실력을 겨루기에 안성맞춤이었다.

비무대 앞쪽에는 구름 같은 군중이 발 디딜 틈조차 없을 정도로 빽빽했는데, 활짝 열려 있는 정문 앞의 대로에까지 이어져 있어 그 숫자를 어림조차 할 수가 없었다.

태양이 머리 꼭대기에 위치하자 거대한 징이 울렸고, 비무대 뒤로 마련된 단상 위로 천하영웅맹의 수뇌부가 모습을 드러냈다.

이어 비무대 앞으로 나선 총관부주의 우렁찬 목소리가 천룡대제전의 시작을 알렸고, 십주들을 포함한 원로봉공들을 소개하는 순서에 이어 참가자들이 비무대 위로 속속 모습을 드러내자 열화와 같은 함성이 천지간을 들썩였다.

하나 본격적인 시작을 알리기도 전에 충격적인 일이 터지니, 강력한 우승후보인 백검룡(白劍龍) 하후천강과 적도룡(赤刀龍) 구양무린이 자신들은 무공만 익혀왔지 사람들을 통솔하는 법을 배우지 못했다며 자신들 대신 흑운감찰단주 양교초를 천거하며 후보에서 물러났다.

누구도 예상치 못한 뜻밖의 상황에 단상 위의 원로봉공들은 물론이고 대의를 품고 참가한 이들마저 혼란에 빠졌다.

이때 한 사람이 전신내력을 일제히 개방하여 가공할 존재감을 드러내며 일갈을 터뜨렸다.

"백검룡과 적도룡을 어떻게 했는지는 모르나 나 적천명은 손속을 겨누기 전에는 결코 승복하지 않는 남자다. 양교초 이리 나서라."

철패룡(鐵覇龍) 적천명.

철인가(鐵人家)의 소가주로 십주의 일인인 금강철패(金剛鐵覇) 적무교의 손자다.

총관부주는 이맛살을 찌푸리며 단상 위를 돌아봤다.

원래 추첨을 통해 대진을 결정하려 하였으나 상황이 이리되니 선뜻 장내를 수습하기가 어려웠다.

이때 십주의 일인인 흑뢰신(黑雷神) 악사무가 손을 들어 신호를 보내왔다.

그대로 진행하라는 뜻이다.

"좋소이다! 좋소이다! 백검룡과 적도룡이 포기해 가면서까지 천거하는 것으로 보아 흑운감찰단주의 실력이 우리 모두의 예상을 뒤집는 모양이오. 하니 지금부터 원래의 방식은 버리고 흑운감찰단주에게 맹주위를 도전할 만한 자격이 있는지 묻는 형식으로 벌이겠소. 자, 첫 번째 시험관은 보다시피 철인가의 철패룡이오."

총관부주의 선언에 박수갈채가 쏟아졌고, 비무대 위의 참가자들은 한쪽으로 물러났다.

"흑운감찰단주 양교초요."

양교초가 포권했다.

적천명은 콧방귀를 뀌었다.

"흥! 잠시 후에도 그리 뻣뻣하게 구는지 보겠다."

적천명이 두 주먹을 불끈 쥐니 가공할 기운이 그의 전신에서 쏟아져 나와 비무대 위의 공기를 무겁게 가라앉혔다.

"그럼!"

양교초는 정중하나 경박하지 않은 태도를 유지하며 한 차례 읍을 그린 후 왼손은 뒷짐을 지고 오른손을 가볍게 앞으로 내밀었다.

이는 선공을 하지 않겠다는 뜻.

"건방이 가관이구나!"

흥분한 적천명이 분기를 터뜨리며 오른발을 들어 진각을 밟았다.

쿠웅!

비무대가 부서질 듯 요란한 굉음을 터뜨렸다.

순간 적천명의 거대한 체구가 벼락처럼 앞으로 쏘아지더니 양교초의 일장 앞에서 우뚝 멈추었다.

그와 동시에 적천명의 오른 주먹이 금강신(金剛神)의 패력(霸力)을 잔뜩 머금은 채 빛살처럼 뻗었다.

목표는 양교초의 얼굴이다.

일격으로 부숴 버릴 심산이 엿보였다.

이때 양교초의 입가에 미소가 그려졌다.

'앞뒤 모르고 무작정 돌진하는 기세가 흑수라를 닮았어. 좋아. 그 오만함을 단박에 부숴주지.'

양교초가 손을 뻗었다.

우우우우우웅!

거대한 공명음이 순식간에 폭발하더니 양교초의 장심에서 가공할 기운이 일순간에 뿜어졌다.

백검룡과 적도룡을 놀라게 만들었던 번천장(飜天掌)이다.

금강신의 패력과 번천(飜天)의 역공(逆功)이 정면으로 격돌했다.

콰— 앙!

폭발적인 충격파가 비무대 위를 휩쓰는 가운데 적천명이 잔뜩 일그러진 얼굴로 주르륵 밀려났다.

쿠— 웅!

오른발을 뒤로 내밀어 비무대를 강하게 찍고서야 중심을 잡은 적천명.

그의 두 눈에 비무대 위를 미끄러지듯 쇄도하여 좀 전의 놀라운 일장을 뻗고 있는 양교초의 모습이 투영되었다.

'젠장!'

적천명은 황급히 우권을 뻗었다.

두 사람이 두 번째 격돌이 벌어지려는 찰나 양교초의 손이 빙글 휘돌며 적천명의 권격을 감싸 쾌속하게 끌어당겼다.

그 때문에 권격에 실려 있던 패력은 목표를 잃고 허공에서 폭발하고 말았다.

'엇!'

놀라 당황하는 적천명.

자세가 완벽하지 않아 공력이 제대로 실리지 않은 권격이라하나 이토록 간단히 제압당해서는 안 되었다.

놀라긴 단상 위의 원로들도 마찬가지였다.

다른 사람의 힘을 역이용하여 그 힘을 중화시킨다는 이화접목(移花接木)의 수법이나 넉 냥의 힘으로 천 근을 튕겨 버린다는 사량발천근까지는 아니어도 충분히 놀라운 재간이었다.

공력의 수발이 자유로워야 하고, 찰나의 접전에서 상대의 힘을 한눈에 파악할 정도로 기감이 뛰어나야 한다.

'여의경(如意境)이로군.'

멀리서 지켜보던 숭검제(崇劍帝) 하후천도의 눈빛이 무겁게 가라앉았다.

손자인 백검룡의 말을 들을 때만 해도 반신반의 했었는데, 눈앞에서 확인하니 흑운감찰단주는 자신의 무공을 뜻대로 펼칠 수 있는 여의경이 확실했다.

거기다 검의 고수가 아니라 장공의 고수였다.

본신의 무공을 지금껏 감추고 있었던 것이다.

만일 지금의 상황을 예견하고 지금껏 자신을 감추고 있었던 것이라면 정말 경계해야 할 놈이다.

혹시라도 지금의 상황을 만들기 위해 놈이 수작을 벌여놓은 게 있다면 반드시 도려내야 할 놈이다.

어찌 되었든 앓던 이를 뽑았더니 새로운 덧니가 자라고 있는 형국이다.

하나 장강의 물길을 인위적으로 막을 수는 없는 일, 지금은 지켜보는 수밖에 없다.

그렇다고 장강의 물길이 바다에 닿을 때까지 기다리지는 않을 것이다.

'놈, 막을 수는 없어도 나누어 버릴 수는 있다는 걸 알아야 할 게다.'

하후천도는 더 볼 것도 없다는 듯 눈을 감아버렸다.

"사람들의 갈채를 받을 수 있었을 것인데, 왜 멈춘 것이냐?"

적천명이 자신의 주먹을 놓아주는 양교초에게 물었다.

권격을 흘려 막았으니 반대편 손으로 장공을 날렸다면 자신을 단박에 비무대 밖으로 날려 버렸을 것인데, 그렇게 하지 않은 연유가 궁금했다.

정말 궁금하다는 표정으로 바라보니 양교초가 웃었다.

평소보다 훨씬 더 진지해 보이는 웃음이었다.

"상황이 상황인만큼 사람들의 박수갈채가 확실히 탐나긴 하지요. 하나 철패룡과 우의를 다질 수 있다면 그게 더 가치 있는 것이 아니겠소?"

힘 있는 음성.

왠지 결연해 보이는 표정.

두 눈에서는 알 수 없는 정광까지 발하고 있다.

적천명은 양교초의 얼굴을 뚫어져라 바라볼 수밖에 없었다.

＊　　　＊　　　＊

"얼마나 나왔지?"

철혼의 물음에 지장명은 자신이 직접 정리해 둔 금전을 속으로 셈하기 시작했다.

그러자 탁일도가 불쑥 끼어들었다.

"창피한 일이다. 뭘 셈하고 그래? 대충 얼마나 버틸 수 있을지 말하면 되잖아."

사도천이든 뭐든 금전을 털었다는 게 창피하다는 뜻이다.

수긍하는지 몇몇이 탁일도의 말에 먼 산을 바라봤다.

"창피할 일도 많군. 그래, 며칠이나 버틸 수 있겠어?"

섭위문이 물었다.

지장명은 철혼을 향해 입을 열었다.

"오 년은 충분히 버틸 수 있을 겁니다."

"그렇게나 많아?"

탁일도가 놀랍다는 듯이 소리쳐 물었다.

"적은 겁니다. 월궁루 정도 되면 그 배는 나와야 했습니다. 아마 사도천으로 송금한 지 얼마 안 되어서 그런 모양입니다."

어쨌거나 자금이 단박에 해결되었다.

모두들 만족스런 얼굴로 철혼을 쳐다보았다.

"절반은 억울한 일을 당한 사람들과 가난한 이들한테 나눠 주도록 해."

"예?"

철혼의 말에 탁일도가 놀라 쳐다봤다.

"어차피 인근의 양민들에게서 쥐어짠 돈이잖아."

"술 마시고 계집질하느라 날린 돈이겠지요."

"흑도가 쥐어짠 돈이 어디로 갔을까? 일부는 제 놈들이 술 마시고 계집질 하느라 썼을 테고, 일부는 졸부들과 거래하느라 썼을 테고, 또 일부는… 암튼 양민들에게서 쥐어짠 돈이 결국엔 월궁루로 모였을 거야. 그렇지 않아?"

마지막 물음은 지장명을 향한 것이다.

"전부는 아니겠지만, 대충 그런 흐름인 건 사실입니다."

지장명이 대답하자 철혼이 이제 알겠냐는 표정으로 탁일도를 바라보았다.

"돈이 아까워서 그런 게 아닙니다. 자금 걱정하느라 심력낭비하지 말자는 취지에서……."

"천하에 널린 게 사도천의 지부들이고, 도시마다 흑도의 무리가 널렸어."

"또 털자는 겁니까?"

"그럼 놈들이 가지고 튀게 놔둬?"

"당연히 털어야지요. 암요."

탁일도가 힘 있게 고개를 끄덕였다.

대주의 말을 듣고 보니 그렇게 내버려 둘 일이 아니질 않은가.

놈들 주머니를 털어서 그동안 괴롭힌 당한 양민들에게 돌려주는 일이니 부끄러워할 일도 아니다.

"양민들한테 나눠 주고 남은 것 중 강전을 주문제작 하는 데 필요한 금액과 본 대가 한 달을 버틸 금액을 제하고 남은 돈은 각 조별로 공평하게 나누도록 해."

"예?"

지장명이 의문을 표했다.

다른 건 사전에 이야기된 것들이지만, 각 조별로 돈을 나누라는 건 지금 이 자리에서 갑자기 튀어나왔기 때문이다.

그러나 철혼은 의문을 표하는 지장명을 뒤로 하고 섭위문과 탁일도를 돌아봤다.

"일조장하고 이조장이 주축이 되어 두 개 조로 길을 나누도록 해. 일조장은 광녕(廣寧), 운부(雲浮), 신의(信宜), 고주(高州),

화주(化州)를 맡고, 이조장은 청원(淸遠), 태산(台山), 양강(陽江), 무명(茂名), 오천(吳川)을 맡도록 해. 가서 도시마다 기생하고 있는 흑도들을 깨끗이 쓸어버리도록 해. 흑도를 손발처럼 부리는 문파가 있으면 모조리 박살 내버려. 십오 일이면 충분할 테니까, 정확히 십오 일 후에 뇌주에서 모인다. 그리고 각 조별로 지급받은 돈은 뇌주에 당도하기 전에 모조리 쓰도록 해."

"불산(佛山), 강문(江門) 일대는 조주 지방으로 향할 때 방문한다 하더라도 조경(肇慶), 신흥(新興), 양춘(陽春)이 빠졌습니다."

지장명이 지적하자 철혼이 고개를 끄덕였다.

"거긴 내가 맡을 거야."

"혼자 말입니까?"

"그래. 문제 있나?"

"무슨 문제가 있겠습니까, 모양새가 그래서 그렇지."

"그럼 됐고, 다른 질문?"

철혼이 섭위문과 지장명 그리고 각 조장을 둘러봤다.

하나 다시 물음을 던진 건 지장명이었다.

"돈을 전부 쓰라는 건 무슨 뜻입니까?"

"말 그대로야. 전부 쓰도록 해."

"그러니까 그게… 얼른 이해가 가지 않습니다."

지장명이 정말 모르겠다는 얼굴로 물었다.

이때 섭위문이 끼어들었다.

"술과 여자를 허락하겠다는 뜻입니까?"

"주색(酒色)이 악(惡)은 아니니 군이 멀리할 필요는 없겠지."

"대주님!"

지장명이 놀라 부르짖었다.

술과 여자는 무인이 가장 멀리해야 할 것들 중 하나다.

거기에 빠진 무인치고 끝이 좋은 이를 못 봤다.

물론 대주의 말이 그렇게까지 하라는 건 아니겠지만, 천하영웅맹은 물론이고 사도천까지 상대해야 하는 상황에서 결코 가까이해서는 안 되는 것이다.

그러나 대주의 생각은 다른 모양이었다.

"그동안 나만 생각했던 것 같아. 내가 생각이 없다고 대원들조차 그럴까. 십오 일의 시간이면 충분할 테니, 한 번이라도 좋으니 충분한 대가를 지불하는 한도에서 맘껏 마시고, 맘껏 풀고오도록 해."

철혼은 지난번 섭위문과의 대화를 통해 대원들은 많이 답답할 수도 있겠다는 사실을 깨달았다.

지금까지 한시도 쉬지 않고 달려왔으니 몸도 마음도 지칠 때가 되었다.

흑영대가 가는 곳엔 처처마다 싸움이었고, 보보마다 죽음이깔려 있었다.

앞으로도 얼마나 많은 싸움을 해야 할지 모른다.

그때마다 대원들의 목숨을 칼끝에 내걸어야 한다.

자신과 흑영대는 부조리한 세상을 타파하고자 하는 것이지 영웅협사를 꿈꾸지 않는다.

대협의 길을 걸을 생각도 없다.

세상의 부조리를 부술 수만 있다면 손가락질을 받아도 상관없다.

게다가 적당한 유흥은 긴장을 풀어주고 억눌린 중압감을 해소시켜 주니, 고행하는 승려나 도인이 아닌 바에야 마실 땐 마시고 즐길 땐 즐겨도 무방하다.

그것이 고민 끝에 철혼이 내린 결론이었다.

그러나 대원들은 모두 벙벙한 표정을 짓고 있었다.

생각지도 못한 모양이다.

"그럼 뇌주에서 보지."

철혼은 피식 웃으며 등을 돌렸다.

"대주!"

지장명이 다급히 불렀다.

하나 손을 들어줄 뿐 돌아보지도 않았다.

지장명은 섭위문을 돌아봤다.

"어떻게 합니까?"

"대주님 말대로 해."

"예?"

섭위문의 대답에 지장명이 놀란 눈을 치떴다.

*   *   *

뇌주로 가는 길.

철혼은 대원들과 떨어져 홀로 걸었다. 외로울 일도 없고, 홀가분한 기분이 들 일도 없다. 단지 혼자 갈 뿐이고, 잠시일 뿐이다.

그런데 두 사람이 따라붙었다.

철혼은 타고 있던 전마를 멈추었다.

"왜?"

"세상이 뒤집어져도 계집이 계집질을 할 수는 없잖아?"

하여령이다.

그녀의 곁에는 삼조원인 사홍이 함께 있었다.

사홍은 워낙 말수가 적고 대원들 뒤쪽에 조용히 묻혀 있다시피 해서 평소에는 있는지조차 모르고 지낼 정도로 존재감이 없었다.

하여튼 흑영대에서 유이하게 여인인 두 사람이 철혼을 따라왔다.

"두 사람 생각을 못하다니, 난 아직 멀었나 보군."

철혼이 스스로를 책망했다.

미안한 표정을 지었다.

"됐어. 우리 둘 때문에 하고 싶은 걸 하지 말라고 할 수는 없잖아."

왠지 아쉬움이 느껴지는 건 착각인가?

무얼 아쉬워할까?

묻자니 혼자만의 착각일 수도 있겠다.

"좋습니다. 뇌주에 당도할 때까지 두 소저의 보표가 되어드리겠습니다. 뭐든 하고 싶은 게 있다면 마음껏 하도록 하십시오."

철혼은 빙그레 웃으며 포권을 하였다.

세 사람은 말 머리를 나란히 했다.

사홍은 워낙 말수가 적었고, 하여령 역시 말이 많은 성격이 아니라 이동하는 내내 조용했다.

평소 조용한 걸 좋아하는 철혼이지만, 시간이 지날수록 그것이 되레 신경이 쓰였다.

"사홍은 고향이 어디지?"

"예?"

"뭘 그렇게 놀라고 그래?"

철혼이 웃으며 묻자 사홍이 얼굴을 붉히며 고개를 숙였다.

작은 체구에 작은 얼굴.

이마에는 흑건을 동여맸고, 새까만 철립은 목뒤로 걸고 있었다.

미인이랄 수는 없지만, 오밀조밀 귀여움이 묻어나는 형이다.

여동생 같은 느낌.

사실 사홍이 철혼보다 서너 살 더 많았다.

그러나 체구나 존재감 그리고 귀여워 보이는 얼굴형 때문에 사홍이 더 어려 보인다.

'사홍을 보니 화옥이가 생각나는군.'

십전철가.

철중양.

왕 노인, 연 노인, 고 노인, 감 노인… 그리고 철화옥.

주마등처럼 스쳐 가는 얼굴들이다.

"그렇게 빤히 바라보면 더 부끄러워할 텐데?"

하여령이 힐끔 보더니 툭 내뱉듯이 말한다.

여러모로 사홍과 비교되는 그녀다.

사내처럼 큼지막한 체구에 사람들의 시선에 아랑곳 않고 어디서나 아랫배를 벅벅 긁어대는 모습.

어디서 주워들었는지 사내들이 하는 음담패설을 잘도 입에 담곤 한다.

"사천입니다."

사홍이 모기 날갯짓 같은 작은 소리로 말했다.

"사천요리는 맵다고 하던데, 정말 그런가?"

"사천이었어? 그 있잖아, 해만 보면 개가 짖는다는 게 사실이야?"

철혼과 하여령이 거의 동시에 물었다.

"예. 아니… 요. 사천요리 중에 매운 것도 있지만, 전부 그런 건 아닙니다. 개가 해를 보고 짖는다는 말은 사실이 아니에요. 안개가 많이 껴서 그런 말이 과장되었다고 해요."

빠르게 대답한 사홍이 흠칫 고개를 들고 두 사람을 번갈아 보더니 아주 천천히 대답했다.

낯을 가리지만 할 말이 있을 때는 꿋꿋이 하려는 성격임을 알 수 있었다.

"그랬어? 난 진짜 그러는 줄 알고 언제 한번 사천에 가보려고 했는데……."

하여령이 실망이라는 듯 말했다.

"죄송해요."

"왜 네가 죄송해?"

"그냥……."

"맥 빠지게 이상한 소리 하지 마."

"예."

"망할 놈의 그 계집애 같은 성격, 언제 바꿀래?"

하여령이 못마땅한 듯 말하자 사홍이 고개를 푹 숙였다.

철혼은 상반되는 두 사람의 모습에 고개를 저으며 전방으로 시선을 돌렸다.

"배고프지 않아? 뭐라도 먹을까?"

철혼이 턱짓했다.

하여령과 사홍이 시선을 돌려보니 앞쪽에 주막이 보였다.

험한 산을 넘기 전에 흔히 만나게 되는 술과 고기 그리고 소면을 파는 가게다.

대개가 그렇듯이 이름 따위는 없다.

잡목들을 베어다가 기둥으로 삼고, 싸리나무와 판자 등을 엮어 지붕으로 올렸다.

탁자는 길가에 아무렇게나 놓아둔 대여섯 개가 전부다.

"술 마셔도 돼?"

하여령이 입맛을 다시며 물었다.

시선은 주막에 못 박혔다.

철혼은 웃음이 절로 나왔다.

"당연하지."

"좋아. 간만에 꼭지가 돌도록 마셔볼까?"

"상관은 없는데, 너무 이르지 않나?"

"대주도 낮술에 취하면 어미아비도 몰라본다는 말을 믿는 거야?"

"알았어. 하고 싶은 대로 해."

철혼이 승낙하자 하여령이 말을 몰아 냉큼 달려갔다.

사홍은 철혼과 단둘이 어깨를 나란히 하는 게 어색한 듯 이내 하여령의 뒤를 따라 가버렸다.

"어째 괜한 짓을 하는 건 아닌지 모르겠군."

정체 모를 불안감.

철혼은 고개를 저으며 주막을 향해 천천히 말을 몰았다.

분주 두 동이와 오리 두 마리.

철혼을 포함한 세 사람이 먹고 마신 양이다.

개중 분주 한 동이 반과 오리 한 마리는 하여령의 뱃속으로 사라졌다.

그 결과 저쪽에서 대자로 뻗어 연신 코를 골고 있다.

그 옆에는 분주 두 잔을 마신 사홍이 새끼 고양이처럼 몸을 잔뜩 웅크린 채 새근새근 자고 있다.

반 시진 만에 벌어진 일이다.

철혼은 의자에 앉은 채 난감한 표정을 짓고 있었다.

하나 그게 다가 아니었다.

두 번째는…….

"저어 손님……."

얼굴에 주름이 한참 깊어지고 있는 노인이 허리를 숙이며 조심스런 태도를 취하고 있다.

"예. 말씀하십시오."

"계산을……."

"아! 그래야······!"

철혼의 얼굴이 굳었다.

그의 수중에는 돈이 없다.

하여령과 사홍의 몸을 뒤질 수도 없으니 두 번째 문제가 바로 이것이다.

"죄송합니다. 두 사람이 깰 때까지만 기다려 주셨으면 합니다."

철혼은 허리를 숙여가며 정중히 말했다.

난감하고 당황스럽고 죄송했다.

하나 주막의 주인 역시 난감하긴 마찬가지다.

철혼 등의 복장으로 보아하니 무인이 틀림없으니 돈을 달라고 몰아붙일 수도 없고, 이대로 분주 두 동이와 오리 두 마리를 날려 버리게 생겼다.

그때였다.

"산을 넘을 거요?"

중후한 음성으로 묻는 사람이 있다.

하여령 등이 한참 술을 마시고 있을 때 주막에 당도한 행인들이다.

십여 마리의 말과 말 등에 실린 짐들을 보니 작은 상단인 모양이었다.

"예."

철혼이 대답했다.

그러자 말을 걸었던 중년인이 고개를 끄덕이더니 뜻밖의 제안을 해왔다.

"두 소저가 깰 때까지 기다리다 보면 예서 하루를 묵어야 할 터인데, 그것보다는 우리랑 함께 가는 게 어떻소? 두 분 소저가 깨면 돌려받는 것으로 하고 음식 값은 내가 빌려 드리리다."

제안은 고마우나 다른 이들에게 또 다른 폐를 끼치게 되는 건 아닌지 염려스럽다.

철혼은 거절하려고 했다.

그때 중년인이 그런 철혼의 마음을 알아챘는지 먼저 입을 열었다.

"근래에 산적의 수가 늘어서 혹여 도움을 받을 일이 벌어지지는 않을지 염려가 되어서 이리 청하는 것이니, 번거롭지 않다면 서로 돕는 것이 어떻겠소?"

저렇게까지 말하는데 굳이 사양할 필요가 있을까.

철혼은 자리에서 일어나 가볍게 읍했다.

"두 사람이 깨어나는 대로 갚도록 하겠습니다."

"하하하! 서로 돕는 일이니 굳이 갚지 않아도 무방하외다."

중년인이 호탕하게 웃으면서 주막 주인을 손짓해 불렀다.

산길은 오랫동안 사람들이 넘나들면서 길을 닦아놓았음에도 불구하고 무척이나 험했다.

비탈진 능선을 따라 돌고 있으니 자칫 아래로 굴러 떨어지기라도 한다면 크게 다칠 우려가 있었다.

십여 필의 말은 경험이 많은 듯 잘도 걸었다.

하여령과 사홍을 태운 전마들도 거리낌이 없었다.

"산적들이 늘어나서 큰일일세. 이러다 상로가 완전히 막히는 건 아닌지 모르겠어."

중년인은 공씨상가의 가주인 공진이라고 했다.

원래 호탕한 것인지 아니면 상가의 일을 오랫동안 해온 덕분인지 친화력이 뛰어났다.

얼굴에 상흔이 있어 인상이 무척 험악한 철혼임에도 거리낌 없이 대하고 있었다.

물론 철혼의 정체를 알지는 못했다.

허리춤에서 두 자루의 철곤과 칼이 '철그럭!' 소리를 냈지만 말발굽 소리에 묻혀 버렸고, 더운 여름이라 장포를 걸치지 않은 데다 술에 취한 두 명의 여인과 함께 있으니 근자에 소문이 요란한 흑수라를 떠올리지 못했다.

"근래에 갑자기 늘어났습니까?"

"그렇다네. 알려지기로는 흑도 무리가 산으로 숨어든 것이라고 하더군."

"흑도 무리가요?"

묻는 철혼의 표정이 굳었다.

순간적으로 떠오른 불길함 때문이다.

"요 근래 천하영웅맹에서 나온 흑영대 때문에 흑도가 여기저기서 박살이 났다더군. 뭐, 풍문을 따르자면 없는 사람들을 핍박하고 갈취하지 못하도록 한 모양인데, 그게 치운다고 해결될 일인가?"

"……!"

철혼의 표정이 확연히 일그러졌다.

흑영대가 박살을 낸 흑도의 무리가 산적으로 화한 모양이다.

"흑도를 두둔하자는 건 아니고, 그들도 사람인데, 뭐든 해야 먹고 살게 아닌가. 흑도에 몸을 담그고 있던 이들이 할 줄 아는 게 뭐가 있겠나? 결국 산적이나 수적 아니면 비적이 될 수밖에."

"그렇다고 양민들이 피해를 볼 수는 없잖습니까?"

"그거야 당연한 노릇이지."

"하면 대인의 뜻은……?"

"거 대인 소리 좀 하지 않으면 안 되겠는가? 진짜 대인들이 들으면 비웃을 걸세."

공진이 웃으며 말했다.

철혼이 가볍게 웃자 공진은 다시 전방으로 시선을 돌리며 말했다.

"둘 중의 하나가 되어야 하지 않을까 싶네. 천생이 흉악한 자들이 아니라면 적어도 갱생의 기회는 주는 게 하나의 방도이고, 그게 여의치 않다면 모조리 죽여야겠지."

"남김없이 죽인단 말입니까?"

"사람 고기 맛을 아는 맹수는 사람만 사냥하는 법이라네. 갱생의 기회를 열어줄 수 없다면 그리하는 게 또 다른 피해를 방지하는 길이 아닐까? 흑영대인가 하는 무인들이 양민들을 위해 좋은 일을 하는 모양이네만, 결과적으로는 엉뚱하게 우리 같은 사람들이 피해를 입게 되었잖나?"

공진의 말이 설득력이 있었다.

하나 곰곰이 따지고 보면 꼭 그런 것만도 아닌 듯싶다.

"그들을 살려준 게 그들에게는 갱생의 기회를 준 것일 수도 있잖습니까."

흑도라고 해서 무작정 죽일 수는 없다.

물론 강간, 살인 등 흉악무도한 짓을 한 자들은 죽여야겠지만, 그 아래에서 심부름이나 한 이들까지 모조리 죽일 필요는 없다는 게 철혼의 생각이다.

"그도 그렇군. 그렇게 볼 수도 있겠어. 선택은 그들의 몫이고, 결과적으로 산적의 길을 택했다면 그건 그들의 천성이 그러한 것이니, 그때 죽이는 게 순리라고 할 수도 있겠군. 그렇게 본다면 우린 그저 운 없음을 탓할 수밖에 없겠군."

공진이 씁쓸한 표정을 지었다.

철혼은 미안한 마음이었다.

결과적으로 흑영대가 벌인 일 때문에 공연한 사람들이 피해를 입을 것이기 때문이다.

하나 사과 같은 건 하지 않았다.

아니, 할 수가 없었다.

이들이 피해를 입은 건 산적이 된 흑도들이 갱생의 기회를 마다한 때문이지 흑영대의 잘못이 아니었다.

그리고 사과를 한다는 건 자신과 흑영대의 행보를 부정하는 것일 수도 있었다.

"양민들을 위해 흑도를 쳤으니, 상인들을 위협하는 산적들도 처리하겠지요."

"그래줄까?"

"예. 그리해 줄 겁니다."

공진은 철혼의 단호한 어투에 왠지 꼭 그리될 것만 같았다.

"그리만 된다면 무얼 더 바랄까. 그리고 뭐라더라? 아, 맞네. 불공정하고 부조리한 판세를 부수고 인의와 시장의 원칙이 주재하는 세상을 만들겠다고 했다더군. 그런 세상이 올지는 모르겠네만, 그렇게 나서준 것만도 우리같이 힘없는 상인들은 그저 감읍할 따름이지."

공진의 표정에 진심이 우러났다.

상등품의 물건을 가지고도 힘이 없어 제값을 받지 못하는 게 영세한 상인들이다. 무력과 권력 앞에서는 영원히 영세함을 벗어날 수 없다. 어쩌면 기회조차 없다는 게 맞을 것이다.

이렇듯 고되게 발품을 팔아봤자 결국은 가진 자들의 곳간을 채워줄 뿐이니, 이 얼마나 통탄할 일인가.

그런 마당에 그러한 불합리를 부숴주겠다는 이들이 있으니 얼마나 달갑겠는가.

'그래. 산적들이 늘어난 건 쫓겨난 흑도들이 흉심을 버리지 못한 것이지, 흑영대 탓이 아닌 게야. 공진아, 공진아! 당장 어려움이 닥쳤다고 애먼 이들을 타하지는 말자.'

공진의 생각은 표정으로 드러났다.

대놓고 고마워하지는 않았으나 흑영대의 행보를 이해하고 그것이 자신들을 위하는 것임을 받아들이고 있으니 고무적인 일이랄 수 있었다.

공진 한 사람의 반응이랄 수도 있지만, 한 사람이 이해하고 받아들인다면 두 사람, 세 사람도 그리할 터였다.

철혼은 철혈문을 무너뜨릴 때 자신과 흑영대가 추구하는 이상이 무엇인지 양산 사람들에게 역설한 게 이렇게 퍼지고 있다는 걸 알 수 있었다.

부쩍 힘이 났다.

서문 노야와 스승이신 맹주님 그리고 자신의 이상향에 한 걸음 다가서고 있는 것 같았다.

"기분이 좋아 보이는군?"

"예?"

철혼은 의아한 표정을 지으며 공진을 쳐다봤다.

그랬더니 공진이 피식 웃었다.

"자네도 피 끓는 무인이라 흑수라와 흑영대를 동경하는 모양이지?"

"그게……."

"요즘 같은 세상에 그런 사람들이 또 있을까. 이해 못할 바는 아니네만, 자네도 그렇고, 저기 내 자식 놈도 그렇네. 흑수라와 흑영대를 동경하는 마음은 가슴에만 간직하도록 하게. 아직 세상이 바뀐 게 아니니 함부로 꺼내놓지 말게. 어디서든 해코지를 당하기 십상이네. 내 말 무슨 뜻인지 알겠는가?"

"예."

철혼은 조용히 고개를 끄덕였다.

그러면서 앞쪽에서 묵묵히 가고 있는 공진의 아들을 바라보았다.

'공문후라고 했던가?'

인사를 나눌 때 제법 차가웠다.

그때는 연유를 몰랐는데, 이제야 알겠다.

흑수라와 흑영대를 동경할 정도로 피 끓는 청춘이라 지금 철혼과 하여령 그리고 사홍처럼 술 마시고 나태한 모습을 혐오하는 것이리라.

재밌는 상황이다.

자신이 동경하는 이들을 혐오하고 있으니.

"잘 보게. 사방을 두리번거리고 있지 않은가?"

"그러고 보니 그렇군요."

"산적들이 나타나 주기를 바라는 것이라네."

"예?"

"자식 속을 애비가 모를까. 실력이 모자라 세상 밖으로 뛰쳐나가지는 못하니 산적들을 상대로라도 흑영대 흉내를 내고 싶은 거겠지."

공진이 한숨을 내쉬며 말했다.

한심스러워 하는 기색이 엿보였다.

철혼은 공문후의 몸을 훑어보았다.

가볍다. 들떠 있다.

내력이 있으나 하나로 흐르지 못한다.

몸속의 내기(內氣)가 칼끝까지 넘쳐흐르는 일기관통(一氣貫通)의 경지조차 이루지 못했다.

다시 말해 이제 무인이라 말할 수 있는 무인경에 간신히 발을 들였을 뿐이다.

산적 서너 명은 상대하겠지만, 그 이상은 무리다.

상승의 무공을 익히지 못했고, 좋은 스승을 만나지 못했으리라.

하지만 인생의 길잡이는 그것만 있는 게 아니다.

그에겐 좋은 아비가 있다.

한심스러워도 나무라기보다는 존중하고 지켜봐 줄줄 안다.

주저앉으면 보듬어주고, 일으켜 줄 것이다. 그리고 다시 걷는 광경을 지켜봐 줄 것이다.

그런 면에서는 스승이신 맹주님과 닮았다.

생명과도 같은 내력을 비롯하여 많은 것을 주셨다. 세상 밖으로 뛰쳐나가 맘껏 포효하도록 문을 활짝 열어주셨다. 그리고 지금은 어디선가 조용히 지켜보고만 있다.

'내가 주저앉으면 그때에야 모습을 드러내고 일으켜 주시겠지.'

미안함과 감사함 그리고 뿌듯함이 차례로 떠오른다.

그것이 발판이 되어 결코 무너지지 않겠다는 굳건한 마음을 일으킨다.

'나에겐 두 분의 가르침과 믿음이 있다. 천하가 달려들어도 절대 지지 않겠다.'

게다가 목숨과도 같은 흑영대원들이 있으니 뭐가 두려울까.

진정 두려운 건 이렇게 훌륭한 배경을 가지고도 아무것도 하지 못하는 것이다.

그것만이 두려울 뿐, 그 어떤 것도 무섭지 않다.

"자, 자네……."

공진이 놀라고 있다.

순간적으로 철혼에게서 깜짝 놀랄 기운이 확 솟구쳤기 때문이다.

워낙 찰나에 일어났기에 망정이지 하마터면 말들이 놀라 날

뛸 뻔했다.

"훌륭한 부친이 있으니 무슨 일을 하든 결코 흐트러지지 않을 겁니다."

철혼이 공진에게 한 말이다.

공진은 그게 자신의 아들에 관한 말임을 알고는 뭐라 말을 못하고 복잡한 표정을 지었다.

그때였다.

말은 씨가 되고, 걱정은 화근이 된다고 했던가.

공진의 아들이 바라고, 공진이 염려하던 일이 벌어지고 말았다.

"크하하하하! 산대왕님께서 납시었다. 모두 멈추어라!"

산중을 울리는 고함과 함께 수십 명의 산적이 우르르 뛰쳐나왔다.

3장

한 번 흑도는 영원한 흑도라지

귀랑채주 마엽충은 기세등등했다.

그를 따르는 산적의 숫자가 팔십이 넘었다.

원래 삼십 정도 되는 숫자였는데, 근자에 본거지가 털려 버린 흑도의 왈패들이 스스로 찾아왔다.

처음엔 께름칙했는데, 숫자가 모이고 보니 이건 뭐 웬만한 문파 하나쯤은 상대를 할 수 있을 것 같지 않은가.

'으흐흐! 이 산은 내 산이여! 염왕도 이곳에서는 통행세를 내야 혀!'

칼잡이들 십여 명만 보여도 평소에는 막을 엄두조차 내지 못하고 그냥 보내야 했지만, 이제는 다르다.

통행세를 내지 않으면 죽는다.

팔십이 넘는 숫자가 벌떼처럼 달려들 테니, 일이십 정도 되는 숫자는 순식간이다.

통행세를 내도 죽는다.

인생은 어차피 한 방이다. 기회가 왔을 때 잡아야 한다.

피 냄새가 진동하는 요즘.

흑도를 박살 내고 있다는 흑영대라는 놈들이 산채라고 놔둘리 만무하다. 그들의 칼이 이곳에 닿기 전에 제대로 몇 탕하고 사라져야 한다.

오늘이 세 번째다.

모조리 죽이고, 돈이 되는 것들은 죄다 먹어치우는 것이다.

"으흐흐! 지금부터⋯⋯!"

"닥쳐라!"

마엽충이 흉물스런 속내를 드러내려는 순간 쩌렁한 호통이 터졌다.

모두의 시선이 한 사람에게로 향했다.

"백주에 무리를 짓고 다니며 사람들을 핍박하고 갈취하다니, 하늘이 무섭지도 않느냐!"

서릿발같이 호통을 치는 이는 다름 아닌 공문후였다.

두 눈에서는 불이 튀어나올 듯 부리부리했다.

하나 상대는 귀랑채주다.

오십이 넘은 그는 공문후가 태어나기 전부터 귀랑채에 몸담고 있었다. 그래서 인근 도시의 상가와 상인들에 대해 제법 많이 알고 있었다.

당연히 공씨상가의 규모와 무공에 대해서도 대략 알고 있다.

"우리가 무얼 갈취하려는지나 알고 하는 말이냐?"

"흥! 산적 따위에게 빼앗길 돈은 한 푼도 없다."

"틀렸다."

"뭐가 말이냐!"

이때 공진이 앞으로 나섰다.

"채주, 얼마면 되겠소?"

공진은 산적들의 숫자를 경계했다.

자칫 성질을 건드렸다간 상황이 극도로 악화되어 피를 볼 것 같았다.

아니나 다를까, 귀랑채주 마엽충의 표정이 변했다.

"기다리시오. 귀하의 자제와 마저 이야기를 마쳐야겠소."

그렇게 말하더니 공문후를 향해 살기를 드러냈다.

"우리가 갈취하려는 건 돈만이 아니다."

"그럼 뭐가 또 있소?"

"네놈 어깨 위에 달린 거."

"……?"

"멍청아! 네놈 머리통을 갈취하겠다는 말이다!"

잠시 당황하는 공문후, 하나 곧 표정을 굳히며 검을 뽑았다.

"누가 산적 따위에게 겁먹을 줄 아느냐!"

"문후야, 물러나거라!"

공진이 다급히 끼어들었다.

하나 늦었다.

아니, 늦고 말고 할 것도 없었다.

애초 통행세만 받아 챙기려고 했던 귀랑채가 아니었다.

"모조리 죽여라!"

마엽충의 명이 떨어졌다.

기다리고 있던 귀랑채의 산적들이 도끼와 낫, 박도 같은 무기들을 뽑아 들고 사납게 달려들었다.

"아버님, 대화로 통할 자들이 아닙니다."

공문후가 외치며 말을 몰아 앞으로 튀어나갔다.

그에 공씨상가의 무인들 역시 검을 뽑으며 공진을 쳐다봤다.

"돌파해라!"

공씨상가의 무인들은 공진의 명을 알아차리고 곧장 공문후의 뒤를 쫓았다.

말을 타고 있는 이점을 살려 산적들의 중앙을 곧바로 돌파하려는 심산이었다.

"어서 따르시게!"

마지막으로 공진이 철혼을 향해 그같이 말하며 검을 뽑으며 말을 달렸다.

하나 철혼은 말을 달리지 않고 양쪽에 있는 하여령과 사홍이 탄 전마의 고삐를 단단히 움켜잡았다.

채— 앵! 채챙! 까가강!

"큭!"

"끄악!"

산적 몇 명이 피를 쏟으며 고꾸라졌다.

공문후의 검이 제법 날카로웠고, 달리는 말의 기세가 위협적이라 산적들이 중앙을 열었다.

"흥!"

콧방귀를 뀐 공문후가 산적들의 진형을 돌파하여 말을 돌리려는 순간 공씨상가의 무인들이 양쪽으로 바짝 말을 붙여 돌리지 못하게 했다.

"무슨 짓이야?"

"이대로 돌파하라는 가주님의 명입니다."

"뭐?"

그때였다.

갑자기 전방에 아름드리나무가 두 그루가 쿵 소리를 내며 쓰러져 앞길을 막아버렸다.

공문후 등이 급히 말고삐를 잡아당겨 말을 멈추었다.

"크하하하하! 그렇게 쉽게 도망 칠 수 있을 것 같으냐!"

귀랑채주가 앙천광소를 터뜨렸다.

십여 명의 공씨상가 사람은 산적들을 향해 말을 돌렸다.

이때 그들의 눈에 이상한 광경이 보였다.

처음 정지했던 장소에 그대로 서 있는 철혼이 보였다.

그리고 절반에 가까운 숫자의 산적들이 철혼을 바라보고 있었는데, 잔뜩 경계하는 모습으로 뒷걸음을 치고 있었다.

툭!

"뭐야?"

귀랑채주 마엽충은 누군가가 자신의 등에 닿자 짜증을 내며 돌아봤다.

그제야 자신의 휘하로 들어온 흑도의 무리 대부분이 공씨상가가 아닌 뒤쪽을 바라보고 있다는 사실을 깨달았다.

그리고 잔뜩 두려워하는 모습으로 뒷걸음치고 있다는 것도 보았다.

"뭐하는 짓이야?"

소리쳐 묻는 마엽충의 눈에 전마에서 내리는 철혼의 모습이 보였다.

얼굴에 칼자국이 있어 인상이 험악하다는 거 외에는 특별한 구석이 없는 놈이었다.

그런데 놈이 허리춤에서 두 자루의 철곤을 꺼내 하나로 결합하는 것이 아닌가.

뭔가 불길한 느낌이 엄습해 와 등골을 타고 한기가 몰아쳤다.

시커먼 흑의를 걸친 놈이 두 자루의 철곤을 결합하더니 허리춤에서 칼을 뽑아 마저 결합했다.

길쭉한 대도가 된 것이다.

흑의 장포와 철립만 있다면 정확히 들어맞는 모습.

그러고 보니 철립이 목뒤로 걸려 있다.

'서, 설마!'

마엽충의 머릿속에 생각하고 싶지 않은 이름이 불현듯 떠오르려는 찰나였다.

"낯익은 얼굴들이 보이는군. 내가 그랬지? 어디엘 가든 또다시 흑도에 몸담으라고, 그렇게 해서 꼭 내 눈에 띄라고. 내가 손수 죽여줄 테니까."

낮게 으르렁 거리는 철혼.

철혼의 정체를 아는 흑도의 무리가 사시나무 떨 듯 떨어댔다.

하나 사신의 낫을 뽑아든 철혼이 여기서 멈출 리 없었다.

"여령! 사흥!"

철혼이 크게 외쳤다.

순간 말 등에 축 늘어져 있던 두 명의 여인이 번쩍 눈을 뜨더니 손으로 말 등을 짚고 물구나무를 서는가 싶더니 허공으로 솟구쳤다.

모두의 시선이 두 사람의 위치를 좇는 순간 허공에서 빙글 돈 두 사람이 벼락처럼 내려꽂혔다.

"컥!"

피하거나 막기도 전에 사홍의 짧은 칼이 멍청히 서 있던 산적의 목을 긋고 사라졌다.

주위의 산적들이 미처 반응을 보이기도 전에 들고양이처럼 날랜 동작으로 사이사이를 헤집고 다니며 산적들의 급소를 그어댔다.

잠입, 암습에 능한 기습조인 흑영대 삼조의 섬혼도(閃魂刀)와 능영보(凌影步)였다.

반사신경이 특히 발달한 사홍은 삼조에 소속하였고, 조장과 부조장 다음으로 두각을 드러낼 정도로 뛰어났다.

"크악!"

괴음을 터뜨리며 산적 하나가 뒤로 나자빠졌다.

그의 안면이 움푹 주저앉아 있었다.

"시끄러!"

그 앞에서 하여령이 소리를 지르더니 의 아랫배를 주먹으로 냅다 쳤다.

"우웩!"

술 냄새가 진동했다.

하여령이 술을 게워낸 것이다.

"망할!"

욕설을 내뱉은 하여령은 양손의 철곤을 땅에다 박아 세워 놓고는 손바닥으로 자신의 뺨을 강하게 때렸다.

짝!

뺨이 발갛게 부어올랐다.

"지랄! 그래도 정신이 안 드네!"

고개를 세차게 흔든 하여령은 이내 철곤을 뽑아 들고는 멍청히 서 있는 산적들을 바라보다 철혼에게로 시선을 돌렸다.

"전부 치워야 해?"

"갱생의 기회를 마다한 놈들이다. 모조리 죽여라."

철혼의 차가운 명이 떨어지자 하여령의 신형이 벼락처럼 튀어나갔다.

빠바바바박!

머리통이 깨지고 어깨, 가슴이 박살이 났다.

얼떨결에 도끼로 막으면 도끼가 부서졌고, 이내 얼굴이 곤죽이 되었다.

"흑, 흑수라!"

누군가가 중얼거렸고.

"흑수라다!"

누군가는 고함을 지르며 도주를 감행했다.

순간.

촤— 학!

공간 갈라지는 소리가 들리며 도주하던 이들의 허리가 모조리 양단되었다.

"이 멍청이는 뭐야?"

하여령의 목소리가 들리더니 둔중한 격타음과 함께 귀랑채주 마엽충이 휘청거렸고, 그와 동시에 사홍의 칼이 섬전처럼 마엽충의 목을 스쳐 갔다.

피분수와 함께 목에서 굴러 떨어지는 머리통.

"으악!"

"흑영대다!"

흑영대의 강함을 누구보다 잘 아는 흑도의 무리가 사방으로 흩어져 달아났다.

산적들은 사홍과 하여령을 향해 반항을 하다가 마엽충의 목이 잘린 것을 보고는 경악하여 갈팡질팡 어쩔 줄을 몰라 했다.

"한 번 흑도는 영원한 흑도라지? 그래서 죽는 거니까 억울하지는 않겠지."

싸늘한 철혼의 말과 함께 대도가 허공을 크게 갈랐다.

순간 칼날이 시퍼런 불꽃을 튀기며 눈부신 천뢰의 기운이 천지사방을 무차별적으로 휩쓸었다.

"크악!"

"컥?"

"끄아아악!"

달아나던 산적들 이십여 명이 새까맣게 타죽었다. 일부는 몸뚱이가 양단되어 참혹한 모습으로 즉사했다. 팔십이 넘었던 숫자 중 간신히 십여 명만이 도망쳤다.

하여령과 사홍이 뒤를 쫓으려고 하자 철혼이 불러 세웠다.

"그 정도면 됐어."

도망간 놈들이 사방팔방에 소문을 낼 테니, 모조리 죽이는 것보다 더 효과적이다.

하여령과 사홍은 무기들을 갈무리하며 철혼에게 다가왔다.

그런데 철혼이 손을 불쑥 내미는 것이 아닌가.

"뭐?"

"전낭."

"무슨 전낭?"

하여령이 의아하여 물었다.

순간 철혼은 몹시 불길한 표정을 지으며 하여령과 사홍을 번갈아 보며 물었다.

"돈 없어?"

"없는데."

당연하다는 듯 말하는 하여령과 고개를 끄덕이는 사홍.

철혼은 자신도 모르게 공씨상가 사람들을 돌아보았다.

경악한 얼굴로 이쪽을 주시하고 있는 공진과 공문후 등이 보였다.

"당황스럽군."

"뭐가? 돈은 왜 필요한데?"

"저 사람들한테 술값을 빌렸다."

"……!"

당황스럽긴 공진 등이 더했다.

"정말 흑수라… 요?"

너무 놀라다 보니 말이 꼬여 버렸다.

공진의 표정은 심각했다.

상대가 흑수라인지도 모르고 흑수라와 흑영대의 행사에 대해 잠간이나마 불만을 표시했기 때문이다.

산적들을 모조리 참해 버린 흑수라의 칼이 자신들에게로 향한다면 누구도 살아남지 못할 것이다.

공진은 철혼의 눈치를 살폈다.

필요하다면 무릎이라도 꿇을 생각이었다.

어떻게 해서든 아들과 가솔들을 살려야 하지 않겠는가.

"예. 본의 아니게 밝히지 못했습니다. 죄송합니다."

"아, 아니외다."

정중히 사과하는 철혼에게 공진이 손사래를 쳤다.

웃음 뒤에 칼이 있다는 말도 있다.

정중하다고 하여 함부로 대했다간 칼 맞기 십상인 법, 공진은 경계의 끈을 늦추지 않았다.

"어디까지 가십니까?"

철혼이 대뜸 물었다.

얼떨결에 동행만 했지 공씨상가의 최종 목적지가 어디인지 물어보지 못했다.

목적지가 어디가 되었든 하루 정도라도 더 갔으면 했다.

그 와중에 어떻게 해서든 돈을 마련해 볼 생각이다.

하나 그건 철혼의 바람일 뿐이고, 세상일이라는 게 원래 뜻대로 안 될 때가 더 많은 법이다.

"이 산을 넘으면 얼마 가지 않아 조경(肇慶)이오."

"거깁니까?"

"예. 공씨상가는 거기에 있습니다."

왜 묻는 건지 몰라 공진의 얼굴에 두려움과 경계의 빛이 떠올랐다.

철혼이 그런 공진을 빤히 바라보았다.

지금 철혼의 모습은 뭔가를 망설이는 기색이 역력했다.

'서, 설마……!'

공진의 표정이 시시각각 굳어갔다.

'돈이 없다는 걸 눈치챈 건가?'

사람이 구석에 몰리니 시야조차 좁아지는 모양이다.

철혼은 지금 온통 돈을 어떻게 갚을지 그 생각만 하고 있었다. 그 때문에 공진의 표정을 거기에 결부시키는 과오를 저지르고 말았다.

"얼마인데?"

갑자기 끼어든 건 하여령이었다.

철혼이 어색한 표정을 지으며 대답했다.

"열두 냥."

"이거면 되겠네?"

하여령의 말에 철혼이 돌아보니 그녀의 손에 은자 하나가 들려 있었다.

"어디서 났어?"

하여령이 한쪽을 가리켰다.

거기에는 목을 잃은 귀랑채주 마엽충의 시체가 널브러져 있었다.

"뒤졌어?"

"그럼, 죽은 놈이 벌떡 일어나 꺼내주었을까?"

하여령의 대답에 철혼의 표정이 확 일그러졌다.

죽은 자들의 품을 뒤지는 것 자체가 문제가 아니었다. 하필이면 보는 눈이 많은 데서 그렇게 했다는 게 문제였다.

철혼은 머쓱한 표정을 지으며 공진을 돌아보았다.

그때 하여령이 다가오더니 공진을 향해 불쑥 손을 내밀었다.

"대주가 지금 빈털터리예요. 이거라도 가져가세요."

당황한 공진이 철혼을 바라봤고, 철혼은 한숨을 내쉬었다.

"죄송합니다. 저희가 타고 온 말을 드리겠습니다."

계산이 맞지 않지만, 그것밖에는 생각이 나지 않았다.

이때 공진은 속으로 안도하고 있었다.

흑수라가 망설였던 연유가 무엇인지 이제야 알았기 때문이다.

'그나저나 무시무시한 별호와는 다르게 순진한 구석이 있구나.'

공진은 내색을 감추고 빙그레 웃었다.

"더러운 건 사람의 마음이지 돈이 아니질 않소? 난 상관없으니 이 은자로 셈하도록 합시다."

공진이 하여령이 내민 은자를 가져가더니 차액을 거슬러 주었다.

"어차피 우리 것도 아니고, 이자라는 것도 있으니 다 가져가도 되는데……."

하여령이 손을 거두지 않은 채 말했다.

"정확히 셈한다면 구명지은을 입은 우리가 금전이라도 내어

드리고 집으로 모셔 크게 대접해야 맞지 않겠소?"

공진이 웃으며 말했다.

그러나 곧 아차 실수했다는 듯 입을 다물었다.

흑영대가 공씨상가에 머물렀다는 게 알려지게 되면 흑영대와 적대 관계인 이들에게 흉험한 일을 당할 수도 있었다.

흑영대의 대의에는 박수를 보내지만, 그들을 집으로 끌어들이고 싶지 않다는 게 공진의 생각이었다.

"아버님, 말 나온 김에 본가로 모시고 가죠?"

공문후가 공진의 생각을 파악 못하고 끼어들었다.

철혼과 하여령 그리고 사홍을 향한 그의 시선이 완전히 달라져 있었다.

나태함을 혐오하던 시선에서 흠모하는 시선으로 확 바뀌었다.

"그, 그럴까?"

"아닙니다. 저희는 갈 데가 있으니 이곳에서 헤어지는 게 좋겠습니다."

철혼이 정중히 사양했다.

아쉬워하는 공문후와 내심 안도하는 공진.

철혼은 가벼운 포권을 끝으로 자리를 떠났다.

하여령과 사홍이 뒤를 따랐다.

말을 타고 멀어지는 세 사람의 모습이 처음 만났을 때와는 판이하게 달랐다.

그것이 세 사람의 정체를 알게 되어서 시각 자체가 달라진 때문이지는 모르지만, 중요한 건 세 사람의 모습이 더없이 커 보인다는 것이다.

세 사람이 수십 명의 산적을 휩쓸던 광경은 끔찍할 정도로 잔인했지만, 그만큼 대단하게 보이기도 했다.

특히 흑수라가 보여준 뇌전은 과장을 더하자면 하늘에서 내려온 신장이 악귀들을 섬멸하는 것처럼 보일 정도였다.

"가진 게 없는 난 이렇게 비겁하네만, 자네는 많이 가졌으니 불공정하고 부조리한 세상을 부수고 인의와 시장의 원칙이 지배하는 세상을 꼭 만들어주시게."

공진은 두려움을 이기지 못해 집으로 데려가 대접하지 못하는 자신의 비겁함을 욕하며 나직이 내뱉었다.

＊　　　　＊　　　　＊

천하영웅맹.

소면검 양교초는 태사의에 앉아 좌중을 내려다보고 있었다.

백룡포를 걸치고 흑발을 가지런히 모아 상투를 틀고 백옥처럼 새하얀 상투관으로 고정시킨 다음 그 아래쪽에 역시 새하얀 비단으로 만들어진 영웅건을 둘렀다.

흑운감찰단주의 모습이 아닌 천하영웅맹 맹주의 모습이었다.

천룡대제전에서 만인지상의 일인자로 우뚝 섰다.

천하를 거머쥐겠다는 야심을 품은 지 이십 년만의 쾌거이니 양교초의 영민함과 교활함이 어느 정도인지 충분히 알 수 있었다.

태양이 한참 이글거리는 시각.

각부 요처의 수뇌들을 모두 불러모은 자리에서 양교초는 천하영웅맹의 흥망성쇠를 이 자리의 모두와 함께하겠다고 선언했다.

그간 약조했던 모든 것을 함께 나누겠다는 말을 다시 확인시켜 준 것이다.

열화와 같은 박수갈채를 받았다.

기꺼이 충심을 바치겠다는 뜻이 아니고 무엇이겠는가.

그런데 분위기가 한참 무르익어 갈 무렵이었다.

"원로원에서 사람을 보내왔습니다."

원로원이라는 말에 좌중의 분위기가 찬물을 끼얹은 듯 가라앉았다.

양교초는 그 같은 광경에 실소를 흘리며 감찰부주를 향해 고개를 끄덕였다.

"들게 하라!"

감찰부주의 명에 대전의 출입문이 활짝 열리더니 한 사람이 당당히 걸어 들어왔다.

백의 무복에 새하얀 장검을 패용한 장년의 검객.

원로원 직속인 백의무룡단(白衣武龍團) 단주 숭양검객(崇陽劍客) 남조양이었다.

천하영웅맹 내에서 원로들을 제외하면 열 손가락에 꼽을 정도로 명성이 자자하고 뛰어난 검공을 가진 실력자였다.

대전 중앙을 가로지르는 그의 걸음을 따라 묵직한 파동이 휘몰아쳤다.

기세로 장내의 인물들을 짓누를 심산이 엿보였다.

그러나 그의 걸음이 멈추어질 때까지 양교초의 입가에 지어진 미소는 추호도 흔들리지 않았다.

"남조양이 맹주님을 뵙니다."

"무례하다. 예의를 갖추어라!"

감찰부주가 자리를 박차고 일어나 소리쳤다.

남조양이 정중한 말과는 달리 꼿꼿이 선 채 가벼운 포권으로 인사를 했기 때문이다.

대전에 모여 있는 다른 이들도 앞다퉈 자리를 박차고 일어났다.

양교초가 손을 들어 제지하지 않았다면 큰 소란이 일 것 같은 분위기였다.

기실 남조양의 무례를 꼬투리 삼아 원로원을 압박할 내심이 작용하고 있었다.

그러나 양교초는 이 정도로 원로원을 압박할 생각이 없었다.

"그래, 무슨 일인가?"

남조양의 미간이 꿈틀했다.

하나 그건 잠깐에 불과했다.

"원로봉공들께서 유시(酉時)까지 들르라고 하십니다."

원로원에 들러 인사를 하라는 뜻.

이건 원로들의 선공이다.

양교초의 반응에 따라 앞으로의 상황 전개가 달라질 것이다.

각부 요처의 인사들이 긴장한 모습으로 양교초의 반응을 지켜봤다.

"가서 전하게. 맹주를 만나고 싶으면 이곳으로 와서 배알을 청하라고."

원로원의 지시를 따르지 않겠다는 뜻이다.

순간 남조양의 미간이 다시 한 번 꿈틀거렸다.

하나 이 자리에서 그가 할 수 있는 건 존재하지 않았다.

"원로원은 본 맹의 기둥이자 구심점입니다. 재고해 주신다면……."

"틀렸다."

"……?"

"본 맹의 기둥은 여기에 계신 각부 요처의 인사들이시고, 구심점은 맹주위에 앉아 있는 본인이다. 그대는 원로원으로 돌아가 이 같은 바를 명확히 전달하도록 하라."

양교초의 엄중한 발언에 남조양의 표정이 더욱 일그러졌다.

하나 그와는 반대로 자리에 앉아 있는 각부 요처의 인사들은 감격한 표정을 지으며 힘 있게 고개를 끄덕였다.

지금껏 자신들을 수하로만 인식하던 원로들과는 달리 맹의 기둥으로 인정해 주는 신임맹주의 태도에 잔뜩 고무되었다.

"전임맹주와 같은 길을 걸으려 하십니까?"

"감히 어느 안전이라고 그따위 망발을 입에 담는 것이냐! 한 번만 더 그따위 언행을 보인다면 집법부의 이름으로 징벌할 것이니 그리 알라!"

집법부주가 추상같이 호통을 쳤다.

남조양은 크게 분노했지만 꾹 눌러 참았다.

이때 양교초의 위엄에 찬 음성이 대전을 울렸다.

"맹주의 행보를 지켜보는 것이 원로원이 존재하는 이유이지 맹주부와 각부 요처가 행하는 일에 간섭하는 게 아니다. 돌아가거든 이와 같은 본인의 전언을 전하도록 하라."

"후회할 거요."

남조양이 찬바람을 일으키며 돌아섰다.

포권도 하지 않고 대전 바닥이 깨져라 기세를 일으키며 성큼성큼 나가 버렸다.

그 모습을 보며 양교초의 입가에 잔혹한 미소가 그려졌다.

'고립무원! 이 시간부로 고립무원의 일계가 시작될 것이다. 후후후!'

*　　　*　　　*

"생각보다 든든하네?"

하여령이 자신이 다 먹은 빈 그릇을 내려다보며 중얼거렸다.

사홍 역시 만족스런 표정이다.

철혼은 두 사람의 모습을 보며 가볍게 웃었다.

잡어로 끓인 어죽이지만, 매콤하게 만들어져 여느 탕 못지않게 속풀이로 훌륭했다.

광동 출신인 철혼이기에 이미 알고 있는 사실이었고, 그래서 하여령과 사홍에게 어죽을 시켜주었다.

"그래, 다음은 무얼 하고 싶지?"

"돈 없다며?"

"돈이 필요하면 만들면 될 일이고, 하고 싶은 거나 말해봐."

"술도 제대로 못 마셨는데……."

"주루에 갈까?"

"이왕이면 기루가 좋겠는데?"

"뭐?"

하여령의 말에 철혼은 당황을 금치 못했다.

"기루가 뭐하는 곳인지 몰라?"

"알아. 사내들이 기녀들이랑 술 마시고 노는 곳이잖아."

"알면서 가겠다는 거야?"

"남자랑 여자랑 어떻게 노는지 궁금해서 그래."

소나 돼지 같은 가축을 잡는 도살장에서 키워진 하여령이었
다.

어려서부터 짐승들을 도축하는 일을 보고 자란 데다 열 살이
넘어서 부터는 직접 육도를 집어 드니 남녀의 유별을 배우고 알
아갈 틈이 없었다.

열세 살이 되어 여자의 성징이 뚜렷해지니 도살장의 사내들
이 군침을 흘리기 시작했고, 언제 일이 터질지 모르는 위험천만
한 상황에서 흑영대 전임 대주의 눈에 들어 도축장을 벗어났다.

어려서부터 육도를 휘두른 탓에 근육과 뼈대가 탄탄히 자리
잡은 하여령은 늦은 나이에 무공을 익히기 시작했지만 삼 년 만
에 두각을 드러냈고, 열여섯의 나이에 정식으로 흑영대 대원이
되었다.

그리고 지금 그녀의 나이 스물셋이다.

"사홍은?"

철혼은 결정권을 사홍에게로 미뤘다.

수줍음이 많은 그녀이니 그런 곳을 가자고 할 리 만무했다. 그걸 빌미로 하여령이 기루에 가는 걸 포기하도록 만들 참이었다.

"저도 궁금해요."

사홍이 얼굴을 붉히며 말했다.

철혼은 정말 난감해졌다.

사내 못지않은 하여령과 수줍음이 많은 사홍.

두 여인을 데리고 기루로 갔다가 무슨 일이 벌어질지 상상조차 되지 않았다.

"기루에 가는 건……."

"뇌주에 도착할 때까지 보표가 되어주겠다며? 사내가 한 입가지고 딴소리하면 양물을 잘라 버려야 해. 안 그래?"

하여령이 철혼의 사타구니를 힐끔하며 말했다.

흑수라라는 흉명으로 천하를 떠들썩하게 만들고 있는 철혼이지만, 그도 사내인지라 왠지 모를 오한이 들어 다리를 움찔했다.

"돈을 구해야겠군."

"많이 구해. 이왕 가는 거 근방에서 제일 큰 데로 가야지. 안그래?"

뒷말은 사홍에게 묻는 말이었다.

"맞아요. 이왕이면 다홍치마라고 하잖아요."

사홍이 배시시 웃었다.

무공의 고수가 반 시진(한 시간) 만에 큰돈을 만들 수 있는 방법은 뭐가 있을까?

돈 많은 갑부의 집을 터는 방법이 있다.

하나 이건 철혼이 행할 수 없는 짓이다.

흑도의 무리를 터는 방법도 있으나 유흥비를 마련하고자 협객 행세를 할 수도 없었다.

하여 철혼은 산으로 달려갔다.

신법을 발휘해 가며 깊은 산중으로 달려간 철혼은 산중대왕이라는 대호 한 마리를 잡았다.

무공의 고수라 하더라도 험한 산중에서 놈의 흔적을 추적하고, 삼백 근 가까이 나가는 놈을 한 식경 동안이나 짊어지고 돌아오는 건 상당한 고역이었다.

그러나 몇 년 동안 위험천만한 흑영대의 임무를 묵묵히 수행해 온 하여령과 사홍을 위해 기꺼이 감수했다.

앞으로도 세상을 바로잡고자 목숨을 걸어야 하는 그녀들이거늘 이 정도 호사는 충분히 누릴 자격이 있었다.

철혼은 대호를 판 돈으로 두 사람에게 제법 호화로운 여인들의 무복을 사주었다.

철혼도 하여령과 사홍의 막무가내식의 강요에 못 이겨 감빛이 감도는 경장을 구입해 입었다.

또한 제법 큼지막한 목갑을 구입하여 세 사람의 철립을 집어넣었고, 철혼은 거기에 자신의 병장기들도 집어넣었다.

철립은 호화로운 여인의 복장과 어울리지 않았고, 철혼이 자신의 병기들을 감춘 건 자신의 행보를 조금이라도 감추고자 함이었다.

어둠이 밀려들고, 거리가 불야성을 이룬 시각.

철혼과 하여령 그리고 사홍 세 사람은 조경(肇慶)에서 가장 규모가 큰 기루 앞에 서 있었다.

화려한 경장으로 멋지게 갖춰 입은 하여령과 사홍의 모습은 강호를 종횡하는 여류고수의 자태가 엿보였다.

그리고 얼굴 한쪽에 칼자국이 있어 무심한 표정을 지으면 자못 험악한 철혼의 모습은 영락없는 두 여인의 보표였다.

천녀루(天女樓).

정말 천녀 같은 기녀들이 있는지는 알 수 없으나 이름과 전각의 외양은 그럴듯했다.

세 사람은 철혼을 선두로 하여 천녀루 안으로 들어갔다.

입구를 지키던 장한들은 여인이 둘이나 되는지라 막아야 하는지 망설였으나 철혼의 험악한 인상에 주눅이 들어 모른 척하고 안으로 들여보냈다.

"어서 오세요."

새하얀 분가루를 잔뜩 바른 중년 여인이 세 사람을 맞았다.

지분 냄새가 어찌나 진한지 절로 인상이 찌푸려졌다.

"한 분은 그렇다 치고, 두 분 여협께선 이곳이 뭘 하는 곳인지 알고 오셨나요?"

만면에 웃음을 가득 채운 채 묻는다.

그게 비웃음인지 장사속인지는 알 수 없다.

중년 여인의 코앞으로 다가 선 하여령이 돌아보지도 않은 채 철혼을 향해 손을 내밀었다.

철혼이 전낭을 쥐어주자 그걸 중년 여인에게 내미는 하여령.

"밤새 제대로 놀 거야. 만일 아침에 재미가 없었다고 느껴지면 이 건물을 부숴 버릴 테니까, 알아서 해."

중년 여인은 도대체 얼마나 들어 있기에 이토록 큰소리를 치냐는 얼굴로 전낭을 열어보았다.

'열 냥이다. 금으로!'

중년 여인의 얼굴이 활짝 펴졌다. 입이 귀에 걸릴 정도로 찢어졌다.

"손님 모셔라! 특실이다!"

중년 여인이 외치자 안쪽에서 가슴을 반이나 드러낸 뇌쇄적인 복장의 기녀 셋이 까르르 웃으며 총총걸음으로 달려 나와 세 사람의 팔짱을 끼고 계단으로 안내했다.

어색한 공기, 어색한 분위기.

처음엔 그랬다.

밤새 제대로 놀겠다는 호쾌함은 어딜 가고, 꿔다놓은 보릿자루마냥 눈만 멀뚱멀뚱.

아양 떨던 기녀들도 어색함에 전염되어 눈치만 본다.

철혼은 그러면 그렇지 하는 마음으로 내심 안도하며 한쪽에서 자작했다.

적당히 마시고, 적당히 시간 끌다 이곳을 나갈 생각이었다.

그런데 웬걸?

하여령이 갑자기 술을 퍼붓듯 마시더니 일다경이 지나지 않아 얼굴이 발그레, 두 눈이 게슴츠레해졌다.

"야, 니가 큰언니라고 그랬지?"

"예? 아, 예."

살집이 충분하여 터질 것 같은 젖가슴을 가진 기녀가 당황하여 대답했다. 사내들의 음심을 자극하기에 가장 적합한 얼굴과 몸매였다.

"사내들이랑 어떻게 노냐?"

"그야……."

"우릴 사내라 생각하고, 지금부터 신 나게 노는 거다. 제일 잘 노는 년한테 이걸 상으로 주겠어."

탁자위에 금전 한 닢이 번쩍거린다.

기녀들의 눈에 탐심이 어렸다.

"정말 그렇게 놀 생각이세요?"

마른 체형에 젖가슴과 엉덩이만 펑퍼짐한 기녀가 하여령의 한쪽 팔을 잡으며 묻는다.

붙잡은 팔에 은근슬쩍 젖가슴을 비비는 게 하여령의 반응을 떠보는 것이리라.

"그렇게 놀려고 왔으니까, 시작해 봐."

취기가 가득한 하여령의 얼굴에 궁금증이 가득했다.

붉은 취기에 기대와 흥분이 어우러져 묘한 매력을 일으켰다.

"좋아요. 우리들의 놀음엔 시작과 끝이 있어요. 이것이 바로 시작이에요."

마른 체형에 젖가슴과 엉덩이만 펑퍼짐한 기녀가 술잔을 들어 제 입으로 가져가 한 모금 하더니, 하여령의 얼굴을 두 손으로 붙잡아 입맞춤함과 동시에 입안의 술을 하여령의 입안으로 건넸다.

처음엔 당황하여 뿌리치려던 하여령은 입안으로 술이 들어오자 가만히 있었다. 하나 곧 술을 건네준 기녀의 부드럽고 미끄러운 혀가 불쑥 들어오자 소스라치게 놀라 그녀를 밀쳐냈다.

"뭐하는 짓이야!"

"신 나게 놀겠다고 하지 않으셨나요?"

"그, 그게……."

"싫으시다면 지금이라도 소녀들을 물리시면 됩니다."

당황하는 하여령.

사내들이 기녀들과 어찌 노는지 궁금했던 그녀였지만, 기녀와의 입맞춤, 게다가 갑자기 입안으로 들어온 기녀의 혀는 그녀를 놀라게 하고 당황하게 만들기에 충분했다.

하지만 예까지 와서 물러날 수는 없었다.

자존심인지 뭔지는 모르지만, 칼을 뽑았으면 끝까지 휘둘러야 하는 그녀였다.

"좋아. 끝을 보자구!"

하여령이 짐짓 호탕한 척 외쳤다.

그때 가장 육감적인 몸을 가진 기녀가 사홍의 얼굴을 양손으로 붙잡았다.

"아니, 나, 난… 읍!"

기녀의 입이 사홍의 입을 덮쳤다.

술이 사홍의 입가로 흘러내렸다.

놀란 사슴처럼 두 눈을 번쩍 뜨는 사홍.

기녀의 혀가 그녀의 입안에서 노닐고 있음이 분명했다.

여기까지 지켜본 철혼은 고개를 저으며 자리에서 일어났다.

오래전에 탁일도에게 붙잡혀 기루에 끌려가 본 적이 있었기에 이후에 어떤 일이 벌어질지 대충 감이 왔다.

이때 마지막 기녀가 철혼의 팔을 붙잡았다.

철혼이 고개를 돌려보니 유독 붉어 보이는 입술을 꾹 다물고 있다.

입안에 뭐가 들어 있을지 충분히 짐작이 갔다.

"그 사람은 아니야. 절대 이런 짓을 해서는 안 돼."

하여령이 빠르게 한 말이다.

"아이, 저쪽은 내버려 두고 소녀랑 놀아야지요."

마른 몸매의 기녀가 하여령의 품으로 와락 뛰어들며 제 가슴보다 훨씬 더 풍만한 하여령의 젖가슴을 마구 주물렀다.

"킥킥킥! 이건 또 뭐하는 짓이래?"

하여령이 웃음을 터뜨리며 술병을 통째로 들어 제 입으로 가져갔다.

"그, 그만요."

사홍이 육감적인 몸매의 기녀를 밀쳐냈다.

그녀의 얼굴은 잔뜩 벌게져 있었다.

"너도 궁금하다고 했잖아. 죽는 것도 아니니 끝까지 가보자. 다음은 뭐냐? 얼른 놀자. 신 나게 놀아보자!"

하여령이 큰소리로 외쳤다.

이미 그녀의 겉옷은 기녀의 손에 의해 벗겨져 있었다.

철혼은 육감적인 몸매의 기녀가 당황하여 어쩔 줄을 몰라 하는 사홍을 덮쳐가는 모습을 보며 등을 돌려 밖으로 나가 버렸다.

"이게 뭔 짓인지 모르겠군."

문밖에서 철혼이 혼자 중얼거렸다.

안에서는 하여령의 호탕한 웃음소리와 기녀들이 간드러지게 웃는 소리가 떠들썩하게 들려오고 있었다.

4장

흑영대를 잘 모르는군

두 시진이 지났다.

철혼은 여전히 문밖에서 서성였다.

등 뒤의 실내에서는 여인들의 교성이 와자했다.

하여령의 음성은 여전히 우렁찼고, 한참 전부터는 사홍의 목소리도 한몫하고 있었다. 제대로 취한 모양이다.

한참 전에는 술래 어쩌고 하더니, 좀 전에 간지럽다며 젖꼭지 빨지 말라고 아우성이다.

귀를 틀어막고 싶지만 이미 들어버렸고, 머릿속에는 상상이 되어버렸다.

숨넘어가는 웃음소리, 술상 엎어지는 소리.

여인들의 한바탕 웃음소리가 이토록 무서운 줄 처음 알았다.

그리고 얼마 후.

갑자기 조용해졌다.

"망할 년들!"

하여령의 목소리다.

그리고 곧 코고는 소리가 진동했다.

"다 논 건가?"

철혼이 중얼거리고 있을 때 문이 열렸다.

세 명의 기녀가 밖으로 나왔다.

엉망진창이다.

발가벗은 몸을 자신들의 옷자락을 손에 쥔 채 앞만 대충 가리고 있다.

술기운이 완연한 얼굴들.

무슨 놀이를 했는지 알몸 곳곳이 술로 번들거렸다.

"바라신다면 소녀들이 모시겠습니다."

철혼을 쳐다보는 모습에 열기가 가득했다.

술 마시고 질펀하게 노느라 음욕이 발동한 모양인데, 같은 여인으로는 풀 수가 없었던 모양이다.

"됐소."

철혼은 냉정하게 거절했다.

한 치의 망설임도 내보이지 않자 기녀들은 바로 포기했다.

경험이리라.

이런 사내에겐 알몸으로 달라붙어도 미동도 않을 거라는 걸 다년간의 경험으로 아는 것이다.

기녀들은 총총걸음으로 사라졌다.

철혼은 기녀들이 사라지자 뒤돌아섰다.

열린 문 너머로 방 안의 광경이 보였다.

한쪽으로 밀쳐둔 술상이 엎어져 있었고, 방 한가운데에는 하여령이 대자로 뻗어 있었다.

젖가슴을 완전히 드러낸 채였다.

그 옆에는 사홍이 웅크린 채 잠들어 있었는데, 그녀 역시 상반신이 알몸이었다.

철혼은 쉽사리 들어가지 못하고 고개를 돌렸다.

그때였다.

복도 저쪽 끝에 그림자 하나가 보였다.

두 손을 늘어뜨린 채 우두커니 서 있는 초립인.

전체적으로 심하다 싶을 정도로 깡마른 체구다.

'혹시?'

당연한 의문이 든 순간.

삐― 이이이!

어디선가 몹시 불길한 음파가 허공을 찢어발겼다.

철혼이 들어본 소리다.

'역시!'

철혼이 한 걸음 내디디는 순간 복도 끝에 우두커니 서 있던 초립괴인이 쿵쾅거리며 쏜살같이 달려왔다.

십수 장의 간격을 일순간에 돌파하더니 크게 도약하여 주먹을 휘둘러 왔다.

그 기세가 상당했다.

철혼은 천뢰의 신공을 끌어올리며 우장을 뻗었다.

고루강시의 주먹과 우장이 맞닿은 순간.

콰앙!

복도가 터져 나가는 것 같은 굉음이 폭발하며 고루강시가 복도 끝까지 날아가 벽에 처박혔다.

벽을 부수고 몸의 일부가 밖으로 튀어나갈 정도였다.

그때였다.

철혼은 뒤쪽에서 느껴지는 실낱같은 기척을 감지하고 빠르게 돌아섰다.

순간 철혼은 볼 수 있었다.

널브러져 있는 하여령과 사홍의 사이에 다소곳이 앉아 있는 중년의 미부를.

희고 고운 얼굴, 세월의 흔적만 아니라면 천하절색으로 모자람이 없을 것 같은 미모.

월궁루주였던 요화!

사도천 삼십육살(三十六殺)의 하나인 음살요화 바로 그녀였다.

철혼은 차갑게 가라앉은 눈으로 요화를 쏘아봤다.

뒤쪽에서 흉성이 폭발한 고루강시가 다시 쇄도해 왔다. 걸리적거리는 걸 모조리 박살 내버리겠다는 듯 무서운 속도로 달려들었다.

하나 철혼이 뒤로 뻗은 오른손이 벼락같이 뻗은 고루강시의 주먹을 움켜잡아 버렸다.

파지지지지직!

철혼이 천뢰의 기운을 일거에 쏟아내자 기음이 터지더니 고루강시의 전신에서 매캐한 연기가 마구 쏟아져 나왔다.

무쇠보다 단단하다는 고루강시의 몸이 타고 있는 것이다.

철혼은 요화를 노려본 채 고루강시의 손을 확 잡아당긴 후 곧바로 머리통을 움켜잡아 복도의 벽에다 강하게 찍어버렸다.

쾅!

벽에 구멍이 뚫려 버리자 한 걸음 요화를 향해 다가가며 다시 벽에다 찍었다.

다시 구멍이 뚫렸고, 철혼은 다시 한 걸음 다가갔다.

네 걸음을 움직이자 벽을 지탱하는 기둥이 걸렸다. 철혼은 고루강시의 머리통을 그 기둥에다 계속해서 찍어댔고, 그럼에도 기둥만 부서지자 반대편 주먹으로 가격했다.

퍽! 퍽! 퍽! 퍽! 퍽! 퍽!

십여 차례의 가격.

두 눈으로는 요화를 노려본 채 기계적으로 가격해 댔다.

그러자 어느 순간 고루강시의 머리통이 수박처럼 터져 버렸다.

그 잔혹한 광경을 요화는 눈 한 번 깜박이지 않고 지켜봤다.

"흑수라! 과연 명불허전이야."

요화가 싱긋 웃었다.

정말 아름다운 미소였다.

사내의 가슴을 진탕시키는 절정의 요염함이었다.

염정탈혼소(艶情奪魂笑)!

사내를 홀리는 절정의 색공이었다. 공력이 약한 이들이라면 단숨에 걸려들어 이지를 상실하고 요화를 향해 아랫도리를 까고 달려들 터였다.

하나 철혼은 거기에 현혹되지 않았다.

기경팔맥과 사지백해가 완전히 뚫려 외기를 피부로 받아들일 수 있는 팔괘신통(八卦身通), 이기응신(異氣應神)의 경지를 훌쩍 뛰어넘어 초월경(超越境)이라는 절대의 영역에 들어선 이상 사술 따위에 미혹될 리가 없었다.

"겁이 없군."

"겁이 없다고?"

"또다시 살아서 도망칠 수 있다고 보는가?"

"아니, 뭔가 착각을 하고 있는 건 흑수라 너야. 여길 봐. 이 아이들이 있는 이상 내가 도망칠 이유가 없지. 안 그래?"

요화가 빙긋 웃으며 두 손을 뻗어 하여령과 사홍의 상반신을 쓰다듬었다.

두 여인의 젖가슴을 살짝 주물러 대며 입가의 미소를 더욱 진하게 했다.

"두 손을 잘라 버리겠다!"

"성급하게 움직이지 않는 게 좋아. 아니면 이 아이들의 목이 떨어지는 광경을 보게 될 거야."

"해봐."

"뭐?"

"해보라고. 두 사람의 목이 먼저 떨어지는지 그 두 손이 먼저 잘리는지 궁금하면 얼마든지 해봐."

"닥쳐라! 내가 여기에 있는 건 이년들의 목 따위가 필요해서가 아니다. 네놈! 네놈의 목이 필요해서다. 당장 하단전을 폐해라. 그렇지 않으면 이년들의 목이 송두리째 뽑히는 광경을 보게 될 거다."

요화의 손이 하여령과 사홍의 목을 움켜쥐었다.

"흑영대를 잘 모르는군."

"뭐?"

"여령, 사홍!"

철혼의 일갈이 실내를 뒤흔든 순간 무언가가 요화의 두 손을 덥석 움켜잡았다.

요화가 깜짝 놀라 아래를 내려다보니 하여령과 사홍이 두 눈을 번쩍 뜨고 있었다.

'어떻게?'

이들이 얼마나 많은 양의 술을 마셨는지 정확히 확인하고 온 요화였다. 게다가 두 사람은 단순히 술만 마신 게 아니었다. 눈치채지 못하도록 술 속에 약간의 미혼산까지 넣었다.

물론 기녀들이 한 짓이다.

하여령과 사홍이 눈치채지 못하도록 하기 위해 극히 소량을 넣었지만, 취기가 극에 달해 인사불성인 그녀들을 하루 동안 정신 차리지 못하도록 만들기엔 충분한 양이었다.

뜻밖의 상황.

요화는 다급한 모습으로 하여령과 사홍의 목을 쥐고 있던 손에 힘을 주며 자리에서 벌떡 일어났다.

하여령과 사홍의 축 늘어진 몸이 강제로 일으켜졌다.

두 눈을 뜨고 요화의 손을 잡았지만, 정상이 아니라는 것을 알 수 있었다.

그러나 이 잠깐의 순간이 치명적으로 작용했다.

한줄기 질풍이 요화의 정면으로 들이닥친 것이다.

쿵!

요화의 머리가 벽을 뚫고 밖으로 튀어나갔다.

정신이 다 아득해진 요화는 반사적으로 하여령과 사홍의 목을 쥔 손을 풀고는 자신의 얼굴을 쥔 철혼의 가슴을 향해 번갈아 후려쳤다.

그러나 철혼의 가슴에 채 닿기도 전에 아찔한 충격이 그녀의 아랫배에 가해졌다.

"악! 아아악! 끄아아아아아— 악!"

비명을 질러대는 요화의 신형이 진저리를 치듯 마구 부들거리더니 어느 순간 엿가락처럼 축 늘어졌다.

매끈하던 그녀의 양손이 순식간에 칠십대 노인처럼 쭈글쭈글해졌다.

그녀의 젊음을 지탱해 주던 밀희체접공(密嬉體接功)이 깨진 것이다.

채양보음술(采陽補陰術)!

남녀의 교합을 통해 수많은 무인의 정기를 빨았던 요화의 수십 년 적공이 한순간에 무(無)로 돌아갔다.

마지막 일격을 가하려던 철혼은 손을 풀고 물러났다.

젊음과 아름다움에 집착하던 여인이니 자신의 변화된 모습을 보는 게 더욱 지옥 같을 터, 굳이 손을 쓸 필요가 없었다.

턱!

물러나는 철혼을 붙잡는 손길이 있었다.

철혼이 고개를 돌려보니 흐리멍텅한 한 쌍의 눈이 그를 바라보고 있었다.

"대주!"

"왜?"

"절대 기루에서 놀지 마. 여긴 사내들이 놀 곳이 못 되니까. 알았어?"

"그래."

철혼이 대답하자 하여령이 철혼의 뺨을 두 손으로 감싸 잡았다.

"기특한 짜식!"

그러더니 갑자기 입맞춤을 했다.

철혼이 당황하여 밀쳐내려는 순간 그의 양손 손바닥 가득히 탱탱한 젖가슴이 느껴졌다.

깜짝 놀라 손을 내리자 얼굴을 떼낸 하여령이 철혼의 얼굴을 빤히 들여다보더니 히죽 웃었다. 그리고 곧 와락 껴안았다.

"……!"

철혼은 뭘 어찌해야 할지를 몰라 우두커니 서 있었고, 약간의 시간이 흐르자 철혼의 귓가로 코고는 소리가 들렸다.

선 채로 잠이 든 모양이다.

철혼은 하여령이 쓰러질까 봐 왼팔로 하여령의 허리를 감았다.

이때 한쪽에서 빤히 쳐다보는 눈이 있었다.

사홍이다.

벽에 등을 기대고 앉아 있는데, 사발을 붙여놓은 듯 젖가슴이 적나라했다.

철혼은 눈을 돌리는 것도 어색해서 그녀의 얼굴만 바라보며 물었다.

"괜찮아?"

"괜찮아 보여요?"

"글쎄……."

"혼자 잘 처리할 거면서 왜 깨웠어요?"

"……!"

"한참 좋았는데……."

"뭐가 좋았다는……."

"됐구요. 우리 조장님도 이런데 와서 노는 거 좋아해요?"

"삼조장?"

"예."

철혼은 잠시 고민하다 고개를 저었다.

"안 좋아할 걸."

"진짜요?"

"내가 알기로는 그래."

"다행이다."

뭐가 다행이라는 건지 배시시 웃더니 양 무릎을 세우고 거기에 얼굴을 묻고 금세 새근거렸다.

철혼은 잠이 든 사홍을 멀뚱히 바라보다 자신의 귓가에 연신 코를 골아대는 하여령에게 신경이 미쳤다.

언제까지 이러고 있을 수는 없어 하여령을 안아 바닥에 눕히고 그녀의 웃옷을 찾아 덮어주었다.

이때 부스럭거리는 소리가 들렸다.

요화가 절망에 찬 모습으로 몸을 가누고 있었다.

"꺼져."

철혼은 차갑게 내뱉었다.

칠십대 노파의 모습이 되어버린 요화는 원독에 찬 눈길을 남기고 기다시피 하여 사라졌다.

철혼은 사홍의 웃옷을 찾아 그녀의 어깨에 걸쳐주고는 방문을 닫고 그 앞에 앉았다.

아침까지 시간이 한참 남았다.

잠을 자긴 글렀고, 자신의 무공에 대한 생각에 빠져보고자 했다.

그러나 손바닥에 남아 있는 탱탱한 느낌이 상념을 방해했다.

철혼은 손바닥을 들여다보았다.

눈앞에 하여령의 젖가슴이 아른거렸다.

다시 한 번 만져보고 싶다는 생각이 불현듯 떠올라 흠칫 놀랐다.

고개를 젓고 심호흡했다.

소용없다.

손바닥에 아교처럼 달라붙어 버린 그 느낌이 머릿속에서 떠나가지 않는다.

"나도 어쩔 수 없는 사내라는 건가?"

나직한 중얼거림에 작은 고민이 묻어 나왔다.

＊   ＊   ＊

"해남도의 무리가 뇌주에 뿌리를 박을 모양입니다."

"얼마나 모였어?"

"오천입니다."

"작정을 했구만."

"그런 것 같습니다. 문제는 그게 다가 아닙니다."

"또 뭐가 있어?"

"예. 삼천이 넘는 숫자가 해남도의 무리에 합류했습니다."

"삼천? 어디서 나타난 숫자야?"

"흑도입니다."

"흑도?"

"예. 흑영대의 철퇴에 놀란 놈들이 뇌주로 몰려들었습니다."

"해남도에 제법 괜찮은 머리가 있는 모양이군."

"예?"

"흑도를 앞에 내세우면 자리 잡는 건 금방이야."

"그렇겠군요. 하면 어떻게 하시겠습니까?"

"내버려 둬."

"예?"

암천각 총귀의 말에 그의 보좌관이자 제자인 사시안(斜視眼)의 청년이 의아한 듯 쳐다보았다.

총귀는 식은 찻잔을 들어 한 모금 마신 후 느긋한 모습으로 말했다.

"흑수라가 있잖아."

"그가 무슨 관련이 있습니까?"

"흑수라의 행선지가 어디일 것 같으냐?"

"뇌주입니까?"

"그 눈치만큼 머리가 잘 돌아가면 좋을 텐데."

"그리 여기시는 연유를 여쭤도 되겠습니까?"

"양산(陽山)에서 조경(肇慶)으로 왔잖아. 더 가봐야 뇌주밖에 더 나오느냐?"

"그야 그렇지만."

"계속 십주만 공격하면 세상 사람들의 눈에 어떻게 보이겠느냐?"

"예?"

"내 눈치를 보지 말고 생각을 해봐."

총귀의 호통에 청년이 잠시 생각에 잠기더니 잠시 후 눈을 빛내며 물었다.

"십주를 상대하는 게 자신들의 주요 목표가 아니라는 걸 보여주려는 겁니까?"

"그래. 약육강식이 아니라 인간의 도리와 시장의 원칙이 어쩌고 하는 세상을 만들겠다고 천명했으니 십주만 공격할 수는 없었겠지. 적당히 여기저기 들쑤셔 가며 십주들을 하나하나 상대하려는 속셈일 게야."

"아니, 왜 그렇게 번거로운 짓을 한단 말입니까?"

"정파잖아!"

"아!"

대의와 명분.

더 이상 무슨 설명이 필요하랴.

"제 놈이 흑수라니 뭐니 불리면서 흉악한 손속을 자랑해 봤자, 결국은 정파 나부랭이라는 거다. 결코 벗어날 수 없는 약점 하나를 가지고 있는 셈이지."

"그렇군요."

"알아들었어?"

"예."

"그럼 우리가 할 일은 뭐지?"

"예?"

"해남도가 뇌주반도를 먹어치우게 놔둘 수는 없잖아?"

"그렇지요."

"그렇다고 흑수라가 있는데 굳이 우리가 해남도를 쓸어버릴 이유도 없겠지?"

"그렇네요."

"그럼 어떻게 하는 게 좋을까?"

"어차피 세불양립인 사이이니 놔두면 격돌할 거 아닙니까? 흑수라가 그리 가는 게 그 때문 아닙니까?"

"그래. 맞아."

"그런데 우리가 뭘 한단 말입니까?"

"멍청아, 앞날의 일이 어떻게 굽이쳐 방향을 틀어버릴지 네 깟 놈이 어떻게 알아?"

"빼도 박도 못 하게 확실한 길을 열어주자는 거군요?"

"이제야 알아듣는군."

총귀가 한심하다는 듯 고개를 저었다.

그때였다.

출입문이 왈칵 열리더니 백발이 성성한 노파가 안으로 쓰러졌다.

"뭐냐?"

청년이 호통을 쳤다.

"요화로군."

총귀의 말에 청년이 다시 노파를 살펴보았다.

"정말이군요."

"살려줘."

요화가 힘겹게 말했다.

청년은 총귀를 쳐다봤고, 총귀는 귀를 후볐다.

"그냥 가시게. 그만큼 잡아먹었으면 많이 먹었잖나?"

"총귀, 살려만 준다면 무슨 짓이든… 하겠습니다."

애원하는 요화를 총귀가 빤히 바라보았다.

그러다 한숨을 내쉬며 입을 열었다.

"정말 무슨 짓이든 할 텐가?"

"예, 총귀. 발바닥을 핥으라면 그리하겠습니다."

요화가 기대에 찬 얼굴로 말했다.

하나 이어진 총귀의 말이 그녀의 기대를 산산이 저버렸다.

"그럼, 이 자리에서 가시게."

"예?"

총귀가 손을 뻗었다.

순간 찰나의 섬광이 요동치더니 의문을 짓는 요화의 두 팔이 몸에서 떨어져 나갔다. 동시에 머리가 한쪽으로 기울더니 천천히 굴러 떨어졌고, 몸뚱이 역시 위아래로 분리되어 피와 창자가 쏟아졌다.

"계집은 해충이다. 사내를 잡아먹고 결국엔 대계를 망치는 법이다. 혹여 계집이 필요하면 몸만 탐해라. 그리고 탐하고 나면 미련을 남기지 말고 죽여 버려라. 알았느냐?"

"예? 예."

청년이 대답하자 자리에서 일어난 총귀가 발치에 뒹굴고 있는 요화의 머리통을 밟아 터뜨렸다.

그리곤 천장을 힐끔 쳐다보며 입매를 비틀어 웃었다.

"뇌주로 가라. 가서 흑수라가 왕림하고 있다는 것을 알려주어라."

"존명!"

이윽고 청년이 소리 없이 사라졌다.

*　　　*　　　*

천하영웅맹 원로원.

"각부 요처가 모두 놈에게 엎드린 것으로 보아야 하오. 남은 건 십주각과 원로원뿐이란 말이외다."

금강철패(金剛鐵覇) 적무교가 분하다는 얼굴로 소리쳤다.

그는 손자인 철패룡(鐵覇龍) 적천명이 비무대 위에서 양교초에게 졌다는 사실을 수긍할 수가 없었다.

정확히는 지금까지 본 실력을 감추고 있던 양교초의 교활함에 잔뜩 화가 나 있었고, 그런 자를 맹주 자리에 앉혔다는 사실을 받아들이지 못했다.

"소름 끼치도록 영악한 자요. 전임맹주가 쫓겨나기 전까지는 각부 요처가 전부 놈의 손에 있었던 건 아니었소. 당시에는 감찰부만 놈에게 동조했던 것으로 아는데, 이후 그 짧은 사이에 각부 요처를 전부 휘어잡았소. 분명 뭔가가 있소이다. 하니 원로원의 이름으로 조사해 볼 필요가 있다는 게 내 생각이오."

"각부 요처의 수장들이 놈을 따르는 이유야 분명 있겠지요. 우리에겐 없고 놈에게는 있는 뭔가 때문이지 않겠습니까."

"그러니 그게 뭔지 조사해 보자는 거 아니오?"

"몰라서 그러는 겁니까?"

"뭘 말이오? 내가 뭘 모른단 말이오?"

적무교가 짜증난다는 듯 소리쳐 물었다.

하나 철궁공야가(鐵弓公冶家)의 철궁왕(鐵弓王) 공야도는 태연한 모습으로 일관했다.

"분배일 겁니다."

"분배? 밑도 끝도 없이 그 무슨 말이오?"

"이득분배 말입니다. 그가 맹주가 됨으로써 얻을 수 있는 반사이익을 모두 나눠 갖자고 했을 겁니다. 그건 원로원이 한 번도 내세우지 않았던 것이니, 각부 요처의 수장들이 혹했겠지요."

"그깟 금전 때문에 원로원을 등진단 말이오?"

"현실을 인지하십시오. 원로원이 있고, 십주각이 있는 건 무엇 때문입니까? 금강철패께서 그깟 것이라고 말씀하신 금전이 없다면 원로원과 십주각을 지탱할 수 있습니까? 그리고 제가 말한 이익과 이득은 금전에만 국한한 것이 아닙니다. 무엇이 되었든 각부 요처 수장들의 환심을 살 만한 뭔가를 일컫는 것입니다. 놈은 그것을 제시했고, 원로원은 그걸 제시하지 않고 십주의 명성만으로 각부 요처의 수장들을 지배해 왔습니다. 그 차이가 지금의 현실을 불러온 것입니다."

"지배라니요? 우리가 언제……?"

"말꼬리 잡고 본질을 흐트리지 마십시오. 지배든 뭐든 우리가 제시한 건 아무것도 없었습니다."

공야도의 말에 적무교가 입을 다물었다.

그동안 원로원에서 말수가 극히 적었던 공야도였지만, 지금의 일갈은 장내에 모여 있는 모두의 머릿속에 천둥처럼 울렸다.

공야도는 적도제(赤刀帝) 구양무휘 계파였다.

같은 계파인 벽력도문과 양산철혈문이 멸문에 가까운 타격을 입은 이상 앞에 나서는 것을 꺼려 하는 공야도가 나서지 않을 수가 없었다.

무엇을 하든, 그 어떤 선택을 하든 원로원의 결정에 적도제 계파의 뜻이 절반은 차지해야 했다.

수가 적다하여 한발 양보하면 나중에 또 한발 양보해야 한다. 그러다 보면 결국 수세에 몰리고 계속 양보하고 물러날 수밖에 없다.

"하면 그쪽은 철궁왕께서 맡아주시면 되겠군?"

나직한 울림이 장내에 울려 퍼졌다.

숭검제 하후천도였다.

공야도는 눈살을 찌푸리며 거부하려고 했다. 하나 마땅한 이유가 생각나지 않아 잠시 망설였다.

그때 적도제 구양무휘가 나서주었다.

"철궁왕께서는 따로 하실 일이 있으니 각부 요처를 조사하고 놈이 그들에게 제시한 게 무엇인지 알아보고 회유하는 일은 금강철패께서 맡는 게 좋겠네."

"따로 할 일이라는 게 뭔가?"

"흑수라."

"놈을 죽이러 가겠다는 건가?"

"당연히 죽여야지. 물론 그전에 놈이 벽력도패와 철혈무검을 어찌 죽였는지 소상히 알아보아야겠지."

"철혈무검도 죽었다고 보는 건가?"

"사람이 소리 없이 사라질 때는 단 한 가지 이유뿐이니까."

"그렇군."

숭검제가 고개를 끄덕이자 구양무휘의 시선이 공야도에게로 향했다.

"더는 기다릴 수 없으니 자네는 안휘성으로 가서 벽력도패의 시신을 확인한 다음 광동성으로 가서 철혈무검의 시신을 찾게."

"놈의 무위를 밝혀내라는 겁니까?"

"그렇네."

"가능하다면 놈의 목을 취해도 되겠습니까?"

구양무휘는 곧바로 대답할 수가 없었다.

벽력도패와 철혈무검은 철궁왕보다 강했으면 강했지 약하지는 않았다.

그런 벽력도패와 철혈무검이 놈에게 죽은 것이 확실한 마당에 선뜻 놈을 상대하라고 말할 수가 없었다.

그러나 철궁왕은 먼 거리에서 철시를 날리는 게 주무공이니 두 사람과 큰 차이가 있었다.

또한 성정이 차분한 철궁왕이라면 무모한 싸움을 고집하지 않을 터이니, 굳이 만류할 까닭이 없었다.

"무엇을 행하든 철궁왕의 판단대로 하시게."

"알겠습니다."

공야도가 정중히 읍했다.

그것으로 끝이었다.

흑수라에 관한 건 철궁왕에게 일임되었고, 신임 맹주 양교초와 각부 요처의 수장에 대한 조사는 숭검제 계파에서 담당하기로 했다.

원로원의 움직임.

거북의 걸음마냥 느려터진 것일 수도 있으나, 그 파급 효과만큼은 결코 그렇지가 않을 터였다. 물론 어떤 결과가 나올지는 두고 봐야 알 일이다.

＊　　　＊　　　＊

하여령과 사홍이 눈을 뜬 건 태양이 한참 떠오른 후였다.

미혼산 때문인 듯 깨어나서도 한동안 정신을 차리지 못하더니 사홍이 먼저 자리에서 벌떡 일어났다.

"대, 대주?"

실내는 난장판이었고, 문 앞에는 철혼이 등을 돌리고 앉아 있으니 놀랄 만했다.

"깼나?"

철혼의 말에 대꾸하려는 순간 하여령 역시 눈을 떴다.

"물, 물 좀 줘봐."

물주전자를 찾으려던 사홍은 몸을 일으키는 하여령의 상체가 알몸인 것을 보고는 멍청해진 시선으로 바라보다 자신 역시 알몸인 것을 깨달았다.

"꺄악!"

찢어지는 비명.

그 소리에 하여령이 벌떡 일어나 공격 자세를 취하며 사방을 두리번거렸다.

"어디야? 어딨어?"

문 앞에 우두커니 등을 돌리고 앉아 있는 철혼 외에는 그 어떤 그림자도 보이지 않았다.

"뭐냐? 뭐가 있다고 지랄이야?"

사홍을 향해 묻자 상체를 잔뜩 웅크리고 자리에 주저앉은 사홍이 손가락으로 하여령의 가슴을 가리켰다.

"내가 뭐?"

"옷이……."

그제야 자신이 알몸인 것을 깨달은 하여령.

"이건 또 뭐야? 누가 벗겼어? 대주야? 대주가 벗긴 거야? 왜? 남녀가 하는 그게 하고 싶어서 벗긴 거야?"

물음을 연달아 내뱉더니 자신의 몸을 여기저기 둘러보더니 고개를 갸웃한다. 그러더니 문득 깨달은 듯 사홍을 돌아봤다.

"쟤도 벗겼네. 와, 대주 이제 봤더니……."

"닥치고 옷부터 입도록 해."

"예."

철혼의 음성이 무겁게 느껴지자 서둘러 옷을 찾아 걸치는 하여령.

하여령이 사홍을 향해 턱짓했다.

"얼른 입어. 대주 목소리가 저렇게 깔릴 때는 작전을 시작한 다는 신호야."

"예."

사홍 역시 자신의 옷을 찾아 입기 시작했다.

"짜식, 가슴이 제법 크네?"

"예? 아, 예."

사홍이 얼굴을 잔뜩 붉혔다.

등을 돌리고 옷을 입는 사홍과는 달리 하여령은 부끄럽지도 않은지 철혼을 향해 똑바로 선 채 옷을 입었다.

"대주, 다 입었어."

하여령의 말에 철혼이 자리에서 일어나 문을 활짝 열었다.

간밤에 죽였던 고루강시의 시체가 널브러져 있었다.

"강시? 대주가 한 거야?"

"그래."

짧게 대답한 철혼은 복도를 따라 걷기 시작했고, 하여령과 사 홍은 그 뒤를 따랐다.

이후 하여령은 입에 자물쇠를 걸어 잠근 듯 조용했다.

철혼은 일 층으로 내려갔다.

기루에서 일하는 하인들이 인사를 했지만, 모른 척 지나치더니 잠시 후 일 층 안쪽에 자리한 문 앞에 섰다.

"손님, 그곳은 총관께서……."

뒤에서 들려오는 말을 무시하며 문을 활짝 열고 안으로 들어 갔다.

"야, 얼른 와! 손님! 안됩니다! 손님!"

건장한 체격의 몇몇이 달려왔다.

하나 문 앞을 지키고 선 하여령이 눈을 부라리며 한마디 했 다.

"한 걸음만 더 오면 대갈통을 모조리 씹어 먹어 버린다!"

은근히 내력을 쏟아내니 달려온 장한들이 안색을 굳히며 끽 소리도 하지 못했다.

안으로 들어선 철혼은 시체를 볼 수가 있었다.

머리통이 부서졌지만, 요화라는 걸 한눈에 알아보았다.

잠시 실내를 둘러본 철혼은 안쪽의 탁자로 다가갔다. 탁자위 에 피로 쓴 글이 있었다.

─넌 지켜보고 있다.

글을 남긴 자의 정체는 모른다.

다만 사도천의 누군가라는 정도는 안다.

그리고 한 가지 더.

이 글을 남긴 자는 아무것도 아닌 자다.

앞에 나서서 감당할 자신이 없으니 이따위 글이나 남기는 것 이다.

철혼은 더 이상 확인할 것도 없다는 듯 돌아섰다.

막 밖으로 나가려던 철혼은 한쪽 벽으로 다가가 옷장의 문을 확 열었다.

피 냄새가 확 쏟아졌다.

가슴이 갈라진 중년인의 시체가 처박혀 있었다.

"여령!"

"예!"

"거기 한 놈 들여보내!"

"예!"

하여령이 대답하고 약간의 시차를 두고 장한 한 명이 잔뜩 움츠린 모습으로 들어왔다가 방 한가운데에 있는 요화의 시체를 보고 안색이 하얗게 질렸다.

그러다 철혼이 돌아서서 무섭게 쏘아보자 내키지 않는 발걸음을 억지로 놀려 가까이 다가왔다.

"아는 사람인가?"

철혼이 묻자 옷장 안을 바라보고는 크게 놀란 얼굴을 했다.

"억! 총관님!"

가슴이 갈라진 모습에 똑바로 보지 못하고 그 자리에 굳어버렸다.

철혼은 그 모습을 보고는 완전히 뒤돌아섰다.

이곳은 사도천의 구역이 아닌 것이다.

"가지."

밖으로 나온 철혼은 하여령과 사홍을 이끌고 기루 밖으로 나갔다.

눈부신 햇살이 세 사람을 내리비쳤다.

밝은 세상이다.

하나 눈에 보이는 것만 그럴 뿐이다.

가진 자들의 오만과 부조리가 판을 치는 세상이기도 하다.

그걸 부수기 위해 걸음을 내디딘다.

그런데 몇 걸음 걷기도 전에 기다렸다는 듯이 나타난 이들이 있다.

초면이 아니다.

"또 뵙습니다. 철 대협!"

공씨상가의 공문후였다.

그리고 함께 몰려온 일곱 명의 청년.

처음 본 얼굴들이다. 복장이 제각각이다.

"제 친우들입니다. 철 대협 이야기를 했더니 꼭 뵙고 싶다고 하여 이리 결례를 하게 되었습니다."

"종가포목점의 종리추입니다."

"용화객잔의 화주산입니다."

"주소홍입니다. 뵙게 되어 영광입니다."

앞다퉈 인사를 해댄다.

철혼은 그들을 빤히 바라보다 흐트러지지 않은 자세로 가벼이 포권했다.

"철혼입니다. 반갑습니다."

철혼이 인사를 받아들이자 모두들 환한 얼굴을 했다.

"저희들이 이렇게 모인 것은 적어도 이곳 조경에서만이라도 철대협의 손발이 되어주고 싶어서입니다. 부족한 솜씨나마 발이 되고 손이 되어줄 터이니, 내치지 말아주십시오."

공문후가 다시 포권하며 고개를 숙였다.

그러자 다른 일곱 명 역시 한 모습으로 고개를 숙였다.

철혼은 난감했다.

이들의 의기야 그럴듯하나 실상 도움이 될 리가 없었다.

하나같이 공문후와 비슷한 수준의 실력이라 혹도 무리라면 둘이나 셋 혹은 서너 명은 상대하겠지만, 그 이상은 무리다.

혹시라도 사도천의 말단 무사라도 만나게 되면 그 자리에서 목숨을 잃고 말 것이다.

그건 개죽음, 그 이상도 이하도 아니다.

무의미하다.

그럴 바엔 차라리 숨죽이는 게 낫다.

뭔가를 할 수 있는 힘이 생길 때까지 때를 기다리는 것이다. 그리고 힘이란 꼭 무공만을 말하는 게 아니다. 금전도 결국 힘이다. 괜히 금력이라는 말이 생긴 게 아니다.

그렇다고 매정하게 거부하자니 이들의 눈에 서린 열의가 너무 뜨겁다.

"이곳에 통륜방과 홍룡파가 있는 것으로 압니다. 안내를 부탁해도 되겠습니까?"

"부탁이라니요? 가당치도 않습니다. 마땅히 저희가 안내해 드리도록 하겠습니다."

"이쪽입니다. 통륜방은 이 길을 따라가다 보면 금방입니다."

"홍룡파는 나 이심정이 앞장서겠습니다."

공문후 등은 그렇게 흑수라와 함께 움직이게 되었다.

그러나 세상일이란 생각지도 못한 방향으로 흐르기도 하는 법.

영웅협객처럼 대단한 신위는 아니어도 흑수라의 한 팔 정도는 거들어 주리라 단단히 마음먹었던 공문후 등은 생각지도 못한 허망한 상황에 맥이 빠지고 말았다.

통륜방과 홍룡파가 텅텅 비어 있었던 것이다.

"어찌 된 일인지 저희가 알아보겠습니다."

"아니오. 괜찮습니다. 이들을 쫓느라 시간을 지체할 수 없으니 여기서 여러분과 헤어져야겠습니다. 비록 여러분의 신위를 보지는 못했지만, 의기만큼은 충분히 보았으니 오랫동안 가슴에 담아두도록 하겠습니다."

철혼은 적당히 거짓을 섞어가며 공문후 등의 허무함을 달래고 등을 돌렸다.

저들은 무척 아쉽고 허망할지 모르지만, 철혼의 머릿속은 복잡했다.

사라져 버린 흑도.

단순히 도망친 것일까?

가까운 도시인 신흥(新興)에 가보면 뭔가 알 수 있을 것이다.

흑석당.

광동성 신흥의 밤거리를 지배하고 있는 최대 규모의 흑도방파.

철혼과 하여령 그리고 사홍이 흑석당에 들이닥친 건 태양이 한참 뜨거울 무렵이었다.

그러나 흑석당엔 몇몇의 노인이 그늘에 앉아 곰방대를 빨고 있을 뿐이었다.

"뉘시우?"

검버섯이 가득한 노인이 물었다.

무공을 익히지도 않았고, 암만 살펴봐도 흑도의 무리로는 보이지 않았다.

철혼은 공손히 읍했다.

"여기가 흑석당이 아닙니까?"

"흑석당을 찾아온 겐가?"

"그렇습니다."

"자네들도 흑석당을 치러 온 모양이군?"

"저희 말고도 또 있었습니까?"

"자네들이 세 번째일 거네."

"예?"

"세상이 바뀌려는지 젊은 무사 몇몇 무리가 여기저기 휩쓸고 다니는 모양이구먼."

"하면 흑석당은 그들 중 한 곳이 친 겁니까?"

"그건 아닐세. 흑수란지 뭔지 하는 마귀가 광주에서 뭔 일을 벌인 모양인데, 그때 이후로 얌전한 척 굴더니 근래에 이렇게 야반도주하듯 도망쳐 버렸다네."

"그렇군요. 알겠습니다. 그놈들이 언제 돌아올 줄 모르니 여기 계시지 않는 게 좋을 것 같습니다."

"이렇게 시원한 곳은 찾기가 힘들어. 그리고 사람 기운이 사라지면 귀기가 자리 잡는 법이라네. 제 놈들 거처 청소해 주고 있었다고 하면 해코지야 하겠는가."

노인의 말에 철혼은 고개를 끄덕였다.

노인의 뜻이 그러하거늘 무슨 말을 또 할까.

오래 산만큼 현명하다는 말이 있다. 세월의 무게는 천근보다 무겁다는 말도 있고.

철혼은 정중히 인사한 후 등을 돌렸다.

어쨌거나 이것으로 확실해진 게 있다.

이전에 들렀던 조경(肇慶)에서도 흑도의 무리가 보이지 않았다.

노인의 말대로 야반도주했는지는 몰라도 뿔뿔이 흩어지지는 않았을 터, 어디선가 무리를 짓고 있음이 틀림없다.

찾아야 한다.

양민들의 고혈을 빨아대던 놈들이라 시간이 지나고 상황이 달라지면 제자리로 돌아와 그 같은 악행을 다시 저지를 것이 틀림없다.

사라졌다고 하여 내버려 둘 일이 아니다.

놈들을 찾아내 남김없이 쓸어내고 그걸 본보기로 삼아 다시는 그와 같은 무뢰배들이 발붙이지 못하도록 경각심을 심어주어야 한다.

이건 십주를 무너뜨리고 천하영웅맹의 힘을 쪼개는 것 못지않게 중요한 일이다.

'어디로 사라졌는지 알아볼 방도가 없을까?'

철혼의 고민은 오래가지 않았다.

한 가지 방도가 떠오른 것이다.

                    *   *   *

"크아악!"

팔이 잘려 비명을 지르던 적랑채주의 머리통이 단칼에 잘려 버렸다.

아무런 말없이 살육을 한 철혼은 산적 중 복장이 달라 보이는 몇몇 이 중 그나마 강해 보이는 점박이 사내를 향해 다가갔다.

사색이 된 이들이 덜덜 떨었다.

"우, 우린 적랑채의 식구가 아닙니다."

"알고 있다."

"예?"

"통류방과 홍룡파 그리고 흑석당은 어디로 갔나?"

"예?"

순간 철혼의 칼이 점박이 사내의 옆에 있던 자를 갈라 버렸다.

"통류방과 홍룡파 그리고 흑석당은 어디로 갔나?"

"뇌, 뇌, 뇌, 뇌주요. 뇌주입니다요!"

기겁하여 대답하는 점박이 사내.

"전부?"

"그, 그렇습니다. 뇌주에서 사람이 왔다고 들었습니다. 흑도의 힘을 하나로 모으자고……."

"어디서 보낸 자이지?"

"거, 거기까지는……."

들을 건 들었고, 더 이상 들려줄 말은 없는 모양이다.

그렇다면 남은 건 지옥행뿐이다.

"난 흑수라. 지옥에 가거든 흑수라가 죽였다고 고자질해
라."

철혼의 칼이 바람을 갈랐다.

5장

그들을 실망시켜서야 되겠어?

삼 일 후, 철혼은 화주(化州)에 당도했다.

양춘(陽春), 고주(高州)를 거쳐 왔다. 그곳에서도 흑도의 무리는 그림자조차 볼 수가 없었다.

이로써 확실해졌다.

흑도는 뇌주에 모여 있다.

그렇다면 더 이상 걸음을 지체할 이유가 없다.

"두 사람은 이곳에서 다른 조원들을 기다리도록 해."

"대주!"

하여령이 눈을 크게 뜨며 외쳤다.

하나 철혼이 손을 들어 더 이상의 말을 막았다.

"누군가는 남아서 조원들을 만나야 하잖아. 사홍 혼자 남길까? 아니면 여령 혼자 남겠어?"

"대주, 우리가 대주한테 온 건 조원들이 계집질을 할 것이어 서가 아니야."

"……!"

"일조장이 가라고 했어. 지금처럼 상황이 달라져 대주가 곧 장 뇌주나 다른 곳으로 갈 일이 생기면 혼자 보내지 말라고 했 어. 반드시 끝까지 따라붙으라고 했어. 조원들도 그곳으로 곧장 달려갈 테니, 거기서 보자고."

하여령의 말에 철혼은 뭔가 속은 느낌이었다.

하긴 일조장 섭위문은 늘 그랬다.

자신이 내린 명이라면 묵묵히 따랐지만, 그 결과로 인해 발생 할 문제까지 파악하여 미리 손을 쓰곤 했다.

"어떨 때 보면 대주는 참 멍청한 구석이 있어. 대주가 허락한 다고 이런 시국에 계집질이나 하고 있겠어? 대원 중에 그럴 사 람이 있어? 맨날 내 가슴만 훔쳐보는 이조장이랑 소귀도 하지 않을 거야. 안 그래?"

이어진 하여령의 말에 철혼은 퍼뜩 떠오른 게 있었다.

"기루에 가자고 한 건 내 걸음을 늦추기 위해서였어?"

"한 번쯤 꼭 가보고 싶기도 했어."

"나쁜 수하들이군."

"대주가 멍청하니 도리 없잖아? 그치?"

뒷말은 사홍을 향한 것이었고, 그에 사홍이 얼굴을 붉히며 고 개를 끄덕였다.

철혼은 짐짓 화난 척 인상을 썼다.

"오늘은 객잔에서 묵으려고 했는데, 안 되겠어. 지금부터 뇌주에 당도할 때까지 야숙만 할 거니까 그렇게 알아."

철혼이 자리에서 일어났다.

"늘 하는 게 야숙인데 뭐……."

하여령이 대수롭지 않다는 듯 따라 일어날 때였다.

사홍이 하여령의 소맷자락을 붙잡았다.

"왜?"

"오늘은 꼭 하자고 했잖아요?"

"아!"

사홍의 말에 당황한 얼굴로 철혼을 돌아보는 하여령.

그러나 늦었다. 철혼은 이미 계산을 치르고 객잔 밖으로 사라지고 있었다.

"가서 말해볼까?"

"절대 허락하지 않을 거예요."

하긴 장난기가 발동한 상황이니 더 들어주지 않을 터였다.

"미안해."

"괜찮아요."

힘없이 고개를 젓는 사홍.

하여령은 정말 미안한 표정을 지었다.

자신은 상관없으나 사홍은 아니었다.

꽃잎을 띄워놓은 욕조에 몸을 담그는 건 사홍이 오래전부터 기대했던 일이기 때문이다.

"좋아. 내가 꼭 해줄게. 나만 믿어."

무슨 생각인지 사홍의 어깨에 팔을 걸치며 자신 있게 말한다.

사홍은 그저 고개만 끄덕이며 하여령이 이끄는 대로 힘없이 걸음을 옮겼다.

세 사람이 탄 전마들은 힘이 넘쳤다.

잠풀들이 자라 있는 길을 힘차게 질주했다.

쉬지 않고 달려온 덕분에 어스름한 저녁이 되자 담강(湛江) 인근에 도착할 수 있었다.

이제 뇌주까지는 반나절도 걸리지 않는다.

가까운 야산에 자리를 잡은 세 사람은 모닥불을 피우고 각자 편한 자세로 앉아 미리 준비해 온 어포를 씹었다.

하여령이 우겨서 죽엽청 한 병을 사왔는데, 그걸 두 사람이 나눠 마셨다.

물론 하여령과 사홍 두 사람이다.

철혼은 술 냄새가 풍기자 입안에 군침이 도는 걸 느꼈다.

그러나 죽엽청 사는 걸 반대했던 탓에 손을 내밀 수가 없었다.

억지로 시선을 돌리고 어포만 마구 씹어댔다.

"대주, 내일 한바탕하겠지?"

"아마도."

그걸로 끝이다.

더 이상 아무것도 묻지 않는다.

자신들끼리 재잘거리며 어포를 씹고, 죽엽청을 한 모금 마실 뿐이다.

한 식경쯤 지났다.

"가자."

"지금요?"

"그래."

하여령이 일어나자 사홍이 철혼의 눈치를 보며 일어났다.

하여령은 철혼이 눈길을 주자 별거 아니라는 투로 말했다.

"저쪽에 냇가가 있더라구. 목욕할 거니까. 혹시 보고 싶으면 숨어서 보지 말고 당당히 들어와서 봐."

그러고는 사홍의 손을 잡고 가버린다.

철혼은 두 사람이 시야에서 사라질 때까지 멍청히 바라보다 이맛살을 찌푸렸다.

머릿속에 기루에서 보았던 두 사람의 젖가슴이 떠오른 탓이다.

한 차례 고개를 저어보지만 그때뿐이다.

게다가 하여령이 술에 취해 한 입맞춤까지 덩달아 떠올랐다. 거기에 손바닥 가득 느껴지던 탱탱한 젖가슴의 감촉까지.

한참 젊은 철혼에게 그걸 떨쳐내기란 그야말로 고역이었다.

다시 세차게 고개를 저은 철혼, 그의 눈에 하여령이 두고 간 죽엽청이 든 술병이 보였다.

"남았을까?"

궁금한 얼굴로 자리에서 일어나 술병을 들어보았다.

흔들어보자 제법 많이 남았다.

기꺼운 마음으로 술병을 입으로 가져갔다.

제법 독한 죽엽청이 목구멍 너머로 사라지는 느낌이 좋았다.

몇 모금 거푸 마시자 뱃속이 뜨거워지고 몸에 열기가 확 일어났다.

순간 반사적으로 일어난 공력이 전신을 휘돌며 술기운을 집어삼켜 버렸다.

철혼은 공력을 하단전으로 돌리고 단단히 억제했다.

그리고 다시 죽엽청을 마셨다.

이번엔 술기운을 만끽할 수 있었다.

기분 좋은 얼굴로 야천을 올려다보니 둥근 달이 무척 밝았다.

만월을 바라보고 있자니 자신과 관련한 사람들이 차례로 떠올랐다.

평화로운 광경들, 머릿속에 상상하던 광경이 만월 속에 가득 그려졌다.

서문 노야와 스승이신 맹주 두 분을 만월 아래 모셔두고 술을 올리는 모습도 떠올랐다.

돌아가신 서문 노야께는 그럴 수 없지만, 스승님껜 반드시 그렇게 하겠노라고 다짐해 보았다.

이때였다.

바람이 불었다.

은밀한 바람이 곳곳에서 불어오고 있었다.

꿀꺽!

죽엽청을 한 모금 더 마신 철혼은 자리에서 일어났다.

검붉은 상흔을 매단 눈빛이 매섭게 빛나고 있었다.

"선배! 정말 고마워요!"

사홍이 감격한 얼굴로 말했다.

그녀가 오래전부터 해보고 싶었던 걸 하여령이 해주었기 때문이다.

비록 따뜻한 물이 들어 있는 욕조가 아니었고, 향기가 진동하는 붉은 꽃잎은 아니었지만, 여름이라 계곡물은 시원했고, 이름 모를 꽃들을 잔뜩 따 왔기에 향기가 제법 진했다.

게다가 크고 작은 돌들을 잔뜩 모아 와 물길을 막아 임시 욕조를 만들어주는 수고까지 마다하지 않으니 어찌 고맙지 않을까.

"뭘, 이 정도 가지고그래. 다음엔 진짜 욕조에서 해보자."

하여령이 옷을 벗으며 말했다.

이때 사홍이 훌러덩 옷을 벗으며 하여령보다 먼저 들어갔다.

"저한테 선물해 주신 거니 먼저 실례할게요."

그러고는 배시시 웃는다.

하여령은 피식 웃었다.

하나 곧 고개를 갸웃하더니 하의를 벗어 내리려던 것을 멈추었다.

"대주는 아닌 것 같은데……."

"예?"

사홍이 흠칫 묻자 하여령이 손을 들어 제지했다.

"가만 있어봐."

하여령은 그 자리에 쭈그려 앉으며 손을 뻗어 철곤을 슬쩍 움켜잡았다.

사홍은 양팔로 가슴을 감싸 안은 채 당황한 표정을 지었다.

완전히 알몸이라 싸우기는커녕 밖으로 나갈 수도 없는 그녀였다.

"나와!"

하여령이 그리 크지 않은 목소리로 외쳤다.

순간 획획 소리와 함께 이십여 개의 그림자가 물을 첨벙거리며 뛰어내렸다.

밝은 달이 괴한들의 모습을 비춰주었다.

하나같이 소매가 없는 조끼처럼 생긴 무복을 걸치고 있었다.

무인이라기보다는 뱃사람처럼 보였다.

손에 쥔 칼은 칼날의 폭이 얇고 길었다.

'해남도!'

하여령은 괴한들의 정체를 한눈에 알아보았다.

"알몸인 계집과 싸우고 싶지 않으니 옷을 입어라!"

수장쯤으로 여겨지는 사각턱의 사내가 말했다.

살기가 진동하고 있었다.

하긴 해남도주를 비롯하여 수많은 해남의 무인이 철혼과 흑영대에게 도륙을 당했으니 그럴 만도 했다.

하나 그것에 미안함 같은 건 없다.

적에게는 미안할 이유가 없으니까.

"병신! 지랄하고 있네!"

싸늘히 말한 하여령이 자리에서 일어났다.

풍만한 젖가슴이 적나라하게 드러났지만, 조금도 개의치 않았다.

"이년!"

"닥치고 이거나 처먹어라!"

하여령이 갑자기 돌진했다.

풍만한 젖가슴이 크게 출렁거렸다.

하여령은 눈 한 번 깜박이지 않고 득달같이 달려들어 수중의 철곤을 폭풍처럼 휘둘렀다.

그 기세가 어찌나 사나웠는지 처음에는 민망함에 인상을 찌푸렸던 사각턱의 사내가 안색이 급변하여 기형의 칼을 다급히 휘둘러 막았다.

까앙! 까까까깡!

불꽃이 요란하게 튀었다.

사각턱의 사내는 하여령의 힘에 연신 뒷걸음쳐야 했다.

그의 수하들이 달려들어 보지만, 기세를 탄 하여령의 파상공세를 꺾기에는 역부족이었다.

"저년을 잡아!"

사각턱의 사내가 사홍을 가리키며 소리쳤다.

다섯 명이 사홍을 향해 달려갔다.

사홍은 물속에 몸을 잔뜩 웅크린 채 자신을 향해 달려오는 이들을 바라보았다.

그러다 다섯 명이 삼 장 앞까지 다가오자 갑자기 양손을 펼쳐 물줄기를 일으켜 시야를 어지럽힌 후 번개같이 튀어나갔다.

쉬악! 쉬익!

적들의 기형도가 물줄기를 갈랐다.

하나 사홍의 몸은 걸리지 않았다.

"……!"

다섯 명의 장한이 사홍을 찾아 신형을 돌리는 찰나.

"큭!"

"악!"

두 명이 비명을 질렀다.

사홍이 손에 쥔 두 개의 큼지막한 돌로 두 사람의 무릎과 머리통을 가격한 후 다른 두 사람을 향해 던졌다.

두 명의 장한이 간신히 돌을 피했다.

순간 사홍이 득달같이 달려들어 두 명 중 한 명의 목을 후려쳤다.

"큭!"

목을 가격당한 이가 비틀거리며 물러나자 한 걸음에 배후로 돌아가 왼손으로 뒷덜미를 움켜잡고 오른손의 엄지로 관자놀이를 강하게 찍어버렸다.

즉사한 장한의 고개가 모로 꺾였다.

"이년! 이 악독한 년!"

"죽여 버리겠다!"

머리에 돌을 맞았던 이는 비틀거리다 끝내 고꾸라졌고, 무릎을 가격당한 이를 비롯한 세 사람이 사납게 소리치며 죽은 동료의 등 뒤로 숨어 있는 사홍을 향해 물을 첨벙거리며 달려들었다.

무릎이 부서진 자는 한 발로 튀어 오르며 달려들었다.

사홍은 숨을 죽이고, 적절한 순간을 가늠한 후 뒷덜미를 잡고 있던 시체를 갑자기 밀쳤다.

정면에서 달려들던 자가 동료의 주검을 붙잡았고, 양쪽에서 달려들던 자들의 칼이 사홍이 있던 곳을 향해 바람을 갈랐다.

그러나 능영보를 펼친 사홍의 움직임을 붙잡기엔 느렸다.

파— 앗!

소홍의 알몸이 허공으로 튀어 올라 순식간에 재주를 부리며 동료의 주검을 붙잡은 이의 등 뒤로 내려섰다.

퍽!

사홍의 쭉 뻗은 손끝이 동료의 주검을 붙잡고 있는 자의 목덜미를 찍었다.

목이 확 꺾이더니 부들부들 떨어댔다.

목뼈가 부서졌음을 알 수 있었다.

"이 나찰 같은 년!"

해남도의 무인들이 악을 쓰며 달려왔다.

순간 사홍이 빠르게 신형을 날려 자리를 벗어났다.

순식간에 동료 셋을 잃어버린 자들이 살기와 광기가 폭발해 버린 모습으로 사홍을 찾았다.

사홍은 멀리 있지 않았다.

자신의 옷을 빠르게 걸쳐 입은 사홍은 길이가 한 자에 불과한 기형의 쌍도를 양손에 나누어 쥔 채 두 사람을 향해 돌아서고 있었다.

해남도의 칼보다 길이는 조금 더 길고, 날의 폭은 훨씬 더 좁은 쌍도가 새파란 살기를 쏟아냈다.

"우리가 계집이라 생포해서 대주님을 협박하려고 했겠지? 멍청한 놈들! 전장에 흑영대는 있어도 계집은 없다는 걸 알아야지!"

싸늘히 내뱉은 사홍이 능영보를 펼쳤다.

달빛 아래 그녀의 얼굴엔 수줍음이라고는 찾아볼 수가 없었다.

한편 속도로 적을 제압하는 사홍과는 달리 하여령은 힘과 파괴력으로 적들을 몰아붙였다.

사홍의 말마따나 계집이라 무시하고 사로잡으려고 했던 사각턱의 사내는 자신의 선택을 후회했다.

애초 명 받은 대로 흑수라에게 자신들이 뇌주에 있음을 전달하고 물러났어야 했다.

두 계집이 흑수라와 떨어져 계곡에 몸 담그자 뜻밖의 기회라 여긴 것이 천추의 한이 되었다.

어떻게 된 년이 젖가슴을 출렁거리는 것도 마다하지 않고 미친 소처럼 무섭게 달려들었다.

벌써 아홉 명의 수하가 피떡이 되었고, 나머지 여덟 명은 계집의 무위에 완전히 짓눌려 버렸다.

"망할 년! 부끄러운 줄도 모르느냐!"

사각턱의 사내가 소리쳤다.

"어차피 뒈질 놈들인데 뭔 상관이야? 지랄 말고 이거나 처먹어라!"

하여령이 마주 외치며 더욱 사납게 달려들었다.

조장인 탁일도의 모습을 닮은 하여령의 분쇄곤이 염왕의 철퇴처럼 폭발적으로 휘둘러졌다.

거기에 다섯 명을 쓰러뜨린 사홍이 뛰어드니 해남무인들은 더 이상 버티지 못하고 차례로 피를 쏟으며 쓰러졌다.

계곡의 싸움이 끝을 향해 치닫고 있을 때였다.

물가의 그늘진 곳에 시커먼 인영이 잔뜩 숨죽인 채 입에 대롱을 물고 있었다.

대롱 안에는 맞는 순간 사지가 마비되는 독침이 들어 있었다.

괴인영은 하여령을 겨냥했다.

우측 잡목의 가지에 엎드려 있는 그의 동료는 사홍을 겨냥하고 있었다.

두 사람이 받은 명은 격전이 벌어지도록 만들고, 그 와중에 두 계집이 해남도의 무인들에게 죽도록 하는 것이었다.

그런데 격전은 저들끼리 알아서 벌여주었다. 하니 결정적인 순간에 독침을 발사하여 두 계집이 해남도의 무인들에게 칼 맞아 죽도록 만들기만 하면 되었다.

'그런데 흑수라는 어디에 있지?

저 정도 칼부림이면 흑수라가 모를 리가 없었다.

괴인영은 의아한 빛을 띠우며 대롱의 끝을 하여령의 가슴에 맞추었다.

'계집, 그 잘난 젖가슴에 한방 먹여주마! 킬킬킬!'

"숨소리가 아주 천둥을 치는군."

갑작스런 소리에 괴인영이 기함하여 고개를 확 돌렸다.

순간 그는 볼 수 있었다.

두 눈을 가득 채우고 있는 큼지막한 발바닥을.

퍽!

사도천 귀살대(鬼殺隊) 대원의 머리통을 짓밟아 버린 철혼은 왼손을 뻗었다.

그러자 귀궁노가 강전을 발사했고, 벼락처럼 날아간 강전이 잡목의 가지 위에 엎드려 있던 다른 귀살대원의 머리통을 꿰뚫어 버렸다.

"뇌주에서 기다리고 있대."

하여령이 사각턱의 사내에게 들었던 말을 알려주었다.

"흑도를 불러들인 게 그들인 모양이군."

"함정일 텐데, 대원들을 기다리는 게 좋지 않아?"

"사도천이 개입하고 있다."

"……?"

"지금 우리가 세 사람이라는 걸 해남도도 알고 있다는 거지."

"그럼 더 기다리는 게 좋겠다."

"아니, 우리 셋이 간다."

"왜?"

"그들을 실망시켜서야 되겠어?"

입매를 비틀어 웃는 철혼.

조소다. 비웃음이다.

하여령은 철혼이 독이 바짝 올랐음을 깨닫고 더 이상의 말을 하지 않았다.

"받아."

철혼이 귀궁노를 풀어 사홍에게 건네주었다.

사홍이 귀궁노를 받은 채 쳐다보자 철혼이 하여령과 사홍을 번갈아 보며 말했다.

"두 사람의 호흡이 좋으니까 사도천의 오흉이라도 상대할 수 있겠어."

철혼이 굳은 신뢰를 보낸 후 자리를 떴다.

하여령은 빙긋 웃었다.

그런데 어찌 된 일인지 사홍이 얼굴을 붉혔다.

"본 것 같아요."

"뭘?"

"제 몸이요."

"가슴 좀 보이면 어때?"

"당연히 어떻지요! 창피하잖아요! 그리고 아래까지 완전히
알몸이었단 말이에요!"

사홍이 울상을 지었다.

그러나 하여령은 아랫배를 벅벅 긁으며 철혼의 뒤를 따라 가
버렸다.

"그래? 뭐… 대주는 좋았겠네. 내 가슴도 보았을까? 그랬어야
할 텐데."

*　　　　　*　　　　　*

뢰주(雷州)로 가는 길.

후텁지근한 공기에 숨통이 답답할 만도 하건만, 세 사람의 걸
음을 막지는 못했다.

사홍은 시종일관 어색하고 부자연스러운 표정이었다.

그러나 하여령과 철혼이 평소와 다름없고, 뢰주가 가까워지
자 차츰 전투태세를 갖추기 시작했다.

얼굴에서 표정이 사라지고, 들썩이던 기운이 낮게 가라앉았다.

잠입, 암습 그리고 기습에 특화된 삼조원이라 무공은 물론이고 기세조차 은밀하였다. 싸움에 임할 때도 하여령처럼 투기와 광기가 어우러져 폭발적인 파괴력을 뿜어대지 않았다.

기척을 죽이고 가장 빠른 방법으로 적의 급소를 공격했다.

섬혼도(閃魂刀)와 능영보(凌影步).

전임맹주 백학무군(白鶴武君)이 직접 손을 본 무공이라 비슷한 임무를 수행하는 사도천의 귀살대(鬼殺隊)보다 훨씬 더 강했다.

한편 하여령은 늘 그렇듯이 씩씩했다.

함정이 있을 것이 뻔한 상황임에도 가기로 결정이 내려진 순간부터 조금도 망설이거나 흔들리지 않았다.

결정을 내리기 전에는 한마디 할 수 있지만, 일단 대주가 결정을 내리면 이유를 불문하고 따른다.

그게 그녀의 몸에 밴 철칙이고, 그 어떤 강적을 만나도 전혀 위축되지 않았다. 피와 죽음이 난무해도 약간의 거리낌조차 없는 건 어린 시절의 불우한 환경 때문이었다.

철혼은 두 사람의 상반된 모습이 흥미로웠다.

아무것도 모른 척, 아무렇지도 않은 척하며 평소와 다름없는 태도로 일관하고 있지만, 기루에서의 일이 있었는데 어찌 아무렇지도 않겠는가.

여하튼 사홍에 대해서는 한 가지 확실한 게 있었는데, 그녀가 삼조장 능인을 좋아하고 있다는 것이다.

여기까지 오는 동안 두 사람의 대화를 주의 깊게 들어보니 능인에 관한 이야기가 나올 때면 사홍의 기운이 다소 들뜬다는 걸 알 수 있었다.

알 수 없는 건 하여령이었다.

'기특하다고?'

흑영대가 된 이후 첫 임무를 무사히 마치고 나자 그때 하여령이 했던 말이 바로 그거였다.

당시에는 입맞춤을 하지 않았지만, 기루에서처럼 그렇게 말해주었다.

'일조장을 좋아하는 걸로 알고 있었는데… 모르겠군.'

술에 취했다고 하여 그렇게 입맞춤을 할 수 있는 건가?

당연히 아니다.

마음에 두고 있지 않은 사내에게 입맞춤할 여인은 없다고 보아도 무방하다.

하지만 하여령이라면 그럴 수도 있지 않을까?

지금은 덜하지만 가슴 내보이는 걸 아무렇지도 않게 여기는 그녀이니 장난으로 그럴 수 있을 것 같다.

"다 온 것 같은데?"

문득 하여령이 따분함을 털고 내뱉었다.

사홍의 기운이 더욱 은밀하게 잠겼다.

철혼은 머릿속의 상념을 단숨에 털어내고 전방을 살폈다.

구릉 너머로 뻥 뚫린 대로가 보였다.

크고 작은 수많은 전각, 형형색색의 도시가 크게 웅크리고 있는 광경은 여느 도시와 크게 다르지 않았다.

하나 저 속에 피와 죽음을 부르는 기운들이 거리마다 바글거리고 있었다.

"그동안 양민들이 흘린 피눈물, 네놈들의 죽음으로 갚아야 한다."

싸늘히 내뱉은 철혼이 걸음을 재촉했다.

철혼과 하여령 그리고 사홍이 탄 전마들이 대로로 진입하자 거리의 공기가 확 달라지더니 이십여 장쯤 이동하자 대로가 흔들리는 것 같은 진동소리가 대거 몰려왔다.

잠깐 사이에 대로 반대쪽에서 구각양각색의 복장을 한 장한들이 구름처럼 몰려나와 인의 장벽을 구축했다.

내공이랄 것도 없는 보잘 것 없는 기운으로 보아 흑도의 무리가 분명했다.

얼추 오백이 넘는 것으로 보아 광동성 여기저기서 모여든 흑도방파가 틀림없다.

세 사람은 전마를 멈추었다.

묵빛의 철립을 쓰고 새까만 흑의를 입은 세 사람이 전마에서 내리자 흑도인들이 술렁였다.

하나 그건 잠깐에 불과했다.

세 사람이 말의 엉덩이를 가볍게 치자 흑도인들이 뿜어대는 기운에 놀란 전마들이 앞다퉈 도망쳤다.

그 모습이 자신들의 승리를 보는 것인 양 흑도인들의 기운이 더욱 기승을 부렸다.

화마처럼 이글거리는 기운, 살기가 아닌 광기에 가깝다.

흑수라와 흑영대의 흉명을 모르지 않을 터, 수백이라는 숫자에 편승한 투기라고 보기엔 과했다.

'술과 약이로군.'

어떤 약을 먹었는지는 모르나 해남도가 한 짓이 분명했다.

상관없다.

어차피 모조리 죽이기로 작정했으니까.

하나 해남도는 알아야 할 것이다. 그게 흑도에만 국한한 게 아니라는 것을.

이곳 뇌주에 와 있는 해남도의 무리 역시 한 놈도 남기지 않을 것이다.

"많군."

하여령이 중얼거렸다.

당황하거나 겁먹은 모습과는 거리가 멀다.

사홍 역시 마찬가지다.

그녀의 예리한 눈은 흑도 무리를 어떻게 쓰러뜨릴지 상대의 병기와 덩치 그리고 위치들을 날카롭게 살피고 있었다.

"두 사람은 내 뒤에 붙어. 무리하지 말고, 힘 빼지 마. 진짜는 저들이 아니니까."

철혼의 말에 하여령과 사홍이 자신들의 가슴팍을 두들겼다.

알아들었다는 흑영대만의 신호였다.

"좋아. 시작하자."

철혼이 성큼 걸음을 내디뎠다.

그의 두 손은 두 자루의 철곤과 칼을 뽑아 하나로 결합하고 있었다.

자신의 키보다 길쭉한 대도를 비껴들고 대로를 따라 성큼 걷는 철혼과 몇 걸음 뒤에 양쪽으로 벌려 선 하여령과 사홍.

오백이 넘어가는 숫자를 향해 당당히 다가가는 세 사람의 모습은 대로 양쪽에 즐비하게 들어서 있는 전각의 창문에서 숨어보는 이들을 놀라게 만들었다.

"죽여라!"

누군가의 폭갈.

그것이 신호탄이었다.

"죽여라!"

"죽여! 죽여! 죽여라!"

오백이 넘는 흑도인이 광기에 찬 고함을 질러대며 도끼, 박도, 낫, 쇄검, 단창 등 온갖 무기를 앞세우고 범람하는 해일처럼 밀려왔다.

그 모습에 철혼의 입가가 잔뜩 비틀려 올라갔다.

"광동성에 흑도의 쓰레기는 필요치 않다!"

천둥 같은 고함이 대로를 뒤흔들었다.

동시에 철혼의 신형이 쏜살처럼 튀어나갔다.

이십여 장을 순식간에 이동하더니, 진각을 밟듯 강하게 대로를 찍은 철혼이 대도를 크게 휘둘렀다.

부가아아악!

공간을 가르는 일도.

상하를 완벽하게 쪼개 버린 일도에 십수 명의 흑도인이 고꾸라졌다.

상반신과 하반신으로 분리되어 몸 안의 모든 것을 대로에 쏟았다.

소름끼치도록 잔혹한 광경!

눈앞에서 목도한 이들이 기함하여 걸음을 멈추었다.

단박에 술이 확 깼다. 자신들도 모르게 약을 복용하고 있었는데, 그 약 기운마저 두려움을 떨쳐내지 못했다.

그러나 뒤에서 수백이 몰려온 통에 지옥의 입구로 확 떠밀려 버렸다.

부아악!

철혼의 대도가 다시 한 번 공간을 갈랐다.

기겁한 이들이 수중의 병장기를 본능적으로 휘둘러 막으려고 했다.

그러나 자신들의 몸통을 가르고 지나가는 대도를 조금도 막아내지 못했다.

"크악!"

"끄아아악!"

"밀지 마!"

"아, 안 돼!"

비명과 고함이 어지럽게 터져 나왔다.

하나 그건 수십에 불과했다. 뒤에서 몰려오는 수백의 광기에 묻혀 버렸다.

번쩍! 부아아아악!

대도의 칼날이 모조리 갈라 버렸다.

사람과 병장기 가리지 않고 두 쪽으로 쪼갰다.

분수처럼 치솟는 핏물과 쏟아지는 내장들, 그리고 그 위로 허물어지는 육신.

참혹한 죽음 속에 숱한 양민을 괴롭혔던 흑도인들의 삶이 모조리 끝장나고 있었다.

철벅! 철벅!

철혼은 전진했다.

피를 밟고, 시체를 밟았다.

대도를 휘둘러 더 많은 흑도인을 베었다.

좌우로 대도가 미치는 범위 밖으로 달아난 자들은 내버려 두었다.

그들에겐 두 명의 야차가 달려들었다.

하여령의 철곤이 머리통을 박살 냈고, 사홍의 기형도가 목을 그어버렸다.

그렇게 세 명이 지나간 자리엔 피와 죽음만이 흘러넘쳤다.

흑도의 무리가 두려움에 완벽히 짓눌렸을 땐 그들의 숫자가 겨우 일백을 남기고 있을 때였다.

공포와 두려움이 술기운과 약 기운을 완전히 날려 버렸다.

"도, 도망쳐!"

"악… 마다!"

악마라는 소리를 철혼도 들었다.

그래서 웃었다.

흰 이를 드러내 하얗게 웃어주었다.

멍청한 놈들!

흑수라라는 별호가 어깨에 힘이나 주라고 있는 것인 줄 아나?

전장의 살귀!

흑수라는 사도천의 무리를 무수히 도살하고서야 얻은 악명이었다.

그걸 알았다면 감히 이 자리에 나타나지 못했을 것이다.

공씨상가의 가주 공진이 말한 갱생의 기회.

그 천금 같은 기회를 얻고도 이 자리에 나타났다는 건 흑도의 길을 청산할 생각이 없다는 것이고, 다시 말해 양민들의 피눈물을 쥐어짜 가며 시시덕거리고 의기양양하겠다는 뜻이다.

그러니 여기에 있는 자들은 모조리 죽어 마땅한 자다.

철혼은 눈곱만큼의 자비도 베풀지 않았다.

자존심 강한 사도천의 살귀들이 왜 자신을 흑수라라고 부르는지 제대로 보여주기로 작정한 사람 같았다.

부아아악!

대도가 공간을 쪼개면 십여 명이 넘는 숫자가 한꺼번에 위아래로 분리되었다.

제법 한가락 한다는 흑도의 고수들이 달려들어 보지만 소용없다.

제아무리 한가락 해도 그건 그들 세상에서의 이야기일 뿐이다.

철혼의 걸음을 따라 썩은 짚단처럼 우수수 베어졌다.

일방적인 도살이었다.

상대할 엄두는커녕 이 자리에 서 있는 것조차 두려워진 이들이 사방으로 달아났다.

골목으로 도망쳤고, 전각 안으로 뛰어들었다.

철혼을 비롯한 세 사람이 대로의 중간까지 왔을 땐 더 이상

서 있는 자가 없었다.

세 사람의 뒤로 구역질 치미는 혈지옥도가 펼쳐져 있었다.

세 사람이 걸음을 멈추자 또다시 수백이 몰려왔다.

소매가 없는 새하얀 무복을 걸친 무리.

바로 해남도의 무인들이었다.

칠백은 되어 보이는 숫자다.

상대가 비록 흑도인들이라 하나 냉혹하고 무자비한 살수를 눈으로 보았을 텐데도 조금도 흔들리지 않는다.

투명하게 번들거리는 눈빛을 하고 있다.

살아 있는 눈이다.

죽음에 굴하지 않고 숨을 쉬는 한 끝까지 칼을 휘두를 자들이다.

그래서 더 좋다.

도망치지 않을 테니까.

철혼이 걷기 시작하자 하여령과 사홍 역시 걷기 시작했다.

그러자 해남도의 무인들이 일제히 칼을 뽑더니 빠른 속도로 몰려왔다.

확실히 흑도와는 다르다.

잡아먹을 듯이 노려보는 기세가 달랐고, 칼을 휘두르는 솜씨도 제법이다.

그러나 결과조차 다른 건 아니다.

철혼의 대도가 공간을 가르자 흑도의 무리가 그랬던 것처럼 대도의 권역에 든 자들이 위아래로 분리되어 고꾸라졌다.

다만 그 숫자에 있어 차이가 났다.

십여 명이었던 흑도에 비해 절반 정도로 줄었다.

그러나 나머지 대여섯 명은 더 이상 달려들기 힘들 정도로 극심한 중상을 입었으니 크게 다르지 않은 결과였다.

하여령과 사홍이 바빠졌다.

두 사람은 흑도를 상대할 때보다 배는 더 강하고 빠르게 움직여야 했다.

반각의 시간.

흑도를 도살하고, 해남도를 상대한 지 반각의 시간이 지나자 새로운 시체들이 즐비하게 늘어났다.

물론 해남 무인들의 시체였다.

"그만!"

갑자기 짧은 일갈이 들렸다.

동시에 불나방처럼 달려들던 해남도의 무인들이 썰물처럼 물러갔다.

그리고 보이는 광경.

소복을 입은 것처럼 새하얀 무복을 갖춰 입은 긴 머리의 여인 셋과 다섯 명의 노인.

힘 있게 걷는 그들을 따라 몹시 의아한 광경이 펼쳐졌다.

해남도 무인들이 이십여 명의 사람을 앞으로 끌고 나와 거리 한가운데에 무릎을 꿇려놓더니 제자리로 물러갔다.

철혼은 의아하여 무릎 꿇린 사람들의 면면을 살펴봤다.

하나같이 무공을 모르는 사람들이라는 것 외에는 생면부지인 얼굴들이었다.

"흑수라!"

좀 전에 일갈을 터뜨렸던 여인의 목소리다.

철혼의 시선이 정중앙의 여인에게로 향했다.

거친 바다와 싸워온 듯 갈색 피부를 가진 중년의 여인이 잡아먹을 듯한 시선을 던지고 있었다.

철혼에게 죽은 해남도주의 아내였다.

6장

그렇게 지랄하지 않아도 반드시 죽여주겠다!

감희연.

그것이 중년 여인의 이름이었다.

젊었을 적에는 남해무림에서 해남여걸로 유명했다. 해남비봉(海南飛鳳)이라는 별호로 불리며 청년기협들의 관심과 구애를 한 몸에 받았다.

그러나 혼인을 한 후로는 해남도의 안주인으로만 살았다.

감희연은 철혼을 쏘아보며 앞으로 걸어와 무릎 꿇린 사람들 사이에 섰다.

다른 두 명의 여인과 다섯 명의 노인 역시 마찬가지였다.

철혼은 칼에 묻은 피를 털며 그들을 향해 다가갔다.

빠르지도 느리지도 않은 걸음.

전신의 공력을 일으켜 강한 존재감을 과시했다.

무릎 꿇린 사람들의 정체는 모르나 함부로 자신을 협박하지 말라는 무언의 으름장이었다.

"난 네놈에게 죽은 해남도주의 여인이다."

한이 맺힌 목소리였다.

살기가 진동했다.

철혼은 걸음을 멈추었다.

두세 걸음 뒤로 하여령과 사홍이 위치했다.

철혼은 적들의 진영을 한 차례 훑어보았다.

십오 장의 간격이다.

감희연의 심장박동까지 잡아챌 수 있는 간격이다. 그리고 해남 무인들의 위치와 그들의 무공 수위도 단숨에 파악할 수 있었다.

다섯 명의 노인과 그 비슷한 수준의 고수들이 악착같이 감추고 있는 무력까지 완전히 간파하지는 못했다.

그래도 상관없다.

늑대가 감추어둔 송곳니가 있다 한들 범을 이길 수는 없으니까.

하물며 자신은 맹수를 잡아먹는 포식자가 아니던가.

"여기 두 사람은 네놈에게 죽은 내 아들들의 여인이다. 똑바로 보아라. 네놈이 무슨 짓을 했는지……."

순간 철혼의 입가가 잔뜩 비틀렸다.

우스운 일이다.

이렇게 몰려와 한다는 말이 고작 저따위란 말인가.

말 많은 걸 좋아하지는 않으나 궁금한 게 있다. 부끄러움이라는 걸 아는지.

"날 자극하려고 아무 상관도 없는 소녀를 납치하고 내가 보는 앞에서 겁간을 한 놈이 당신의 둘째 아들이오. 세상에 존재해서는 안 되는 아주 극악무도하고 파렴치한 놈이었소. 해서 놈을 죽였더니 그 형이란 자가 복수하겠다고 달려오더이다. 그래서 죽였소. 그랬더니 아비란 자가 성난 폭군처럼 수하들을 주렁주렁 달고 오기에 해남도가 뇌주를 기반으로 흑도를 움직여 무슨 짓을 하는지 모르지 않는 바, 그 책임까지 물어 깨끗하게 쓸어버렸소."

"닥쳐라!"

"닥치라고? 당신 딸이 겁간을 당해도 그렇게 말할 거요?"

"이놈! 그따위 천한 계집을 내 아들들과 비교한단 말이냐!"

감희연이 표독스레 외쳤다.

하나 철혼은 그보다 배는 더 화가 폭발했다.

쿠— 웅!

철혼이 오른발을 들어 땅을 찍자 땅이 흔들리고, 거리 양쪽의 전각들이 들썩였다.

그 무지막지한 힘에 다섯 노인의 안색이 굳었다.

"천하다고? 당신들은 뭐가 잘났다고 그따위 망발을 지껄이지? 해남도에서 행세 좀 하니 사람들이 우습나? 무공을 모르는 사람들이 그렇게 하찮아 보여? 하면 내가 당신들보다 더 강하니 천하다고 욕하며 함부로 대해도 되겠군?"

"닥쳐라!"

"당신이나 닥치고 들어! 복수를 하려거든 입 다물고 해. 제아

무리 짐승 같은 짓을 했어도 자식은 자식이니까. 자식의 복수를 하겠다는 데 욕할 생각은 추호도 없어. 하지만 천하다느니 하며 함부로 지껄이지 마. 당신 아들에게 겁간당한 소녀가 당신 아들은 물론이고 당신들보다 배는 더 귀한 사람이니까. 적어도 당신들의 그 더러운 인격보다는 몇 배 더 고귀해. 그러니까 복수를 하려거든 직접 해. 당신의 복수에 죄 없는 사람들을 이용하지 마. 그랬다간 지옥에 가서도 후회하게 만들어주겠어."

철혼이 경고했다.

눈앞에 무릎 꿇린 사람들의 정체는 모르나 이들의 목숨을 함부로 이용할 생각을 하지 말라고 엄중히 경고했다.

그러나 복수에 눈이 멀고 귀가 닫혀 버린 사람에게 뭐가 보이고 무슨 말이 들리겠는가.

"죽이겠다. 죽일 것이다. 이들은 본 도에 반기를 든 뇌주의 소상인들이다. 그래서 네놈이 보는 앞에서 죽일 것이다. 어찌할 것이냐!"

감희연이 소리치더니 옆에 무릎을 꿇고 있는 노인의 뒤통수를 손바닥으로 후려쳤다.

'퍽!' 소리가 터지더니 노인의 눈알이 튀어나왔고, 입과 코로 피가 쏟아졌다.

노인은 비명조차 지르지 못하고 그 자리에 고꾸라졌다.

즉사였다.

"어찌할 테냐? 네놈이 움직여도 죽일 것이고, 가만히 있어도 죽일 것이다."

표독스런 기운을 마구 뿜어대는 감희연.

믿는 바가 있어서인지 아니면 죽음조차 두렵지 않다는 것인지는 모르나 한 가지는 확실했다.

흑수라를 전혀 두려워하지 않는다는 것이다.

과연 그럴까?

두 눈을 부릅뜬 철혼.

감희연의 손속에 인내의 한계를 넘어서고 말았다.

"오늘 이 자리에 있는 해남도의 짐승들은 남녀를 가리지 않고 모조리 죽여 버리겠다!"

철혼이 맹수의 포효처럼 내뱉었다.

순간 감희연의 양쪽에 위치한 여인들이 다급히 무릎을 꿇고 있는 사람들의 뒷덜미를 움켜잡았다.

"움직여도 죽이겠다고 했을 텐데!"

감희연이 말한 순간이다.

"아악!"

왼쪽의 여인이 비명을 질렀다.

모두의 시선이 그 여인에게로 시선을 돌린 순간 반대편 여인이 곧이어 비명을 질렀다.

두 사람의 팔이 덜렁거렸다.

사홍이 발사한 귀궁노의 강전이 단숨에 꿰뚫어 버린 것이다.

"죽여라!"

감희연이 외쳤다.

그녀는 철혼에게서 시선을 떼지 않기에 철혼이 신형을 날리는 순간을 놓치지 않았다.

섬뢰보(閃雷步)!

철혼의 신형이 순식간에 십여 장을 쇄도했다.

가히 섬뢰라는 말이 어울릴 정도로 빨랐다.

그러나 다섯 명의 노인 역시 상당한 고수였다. 그들은 만반의
준비를 하고 있던 터라 철혼이 신형을 날리자마자 각기 무릎을
꿇고 있던 양민들을 철혼을 향해 집어던졌다.

허공에서 패왕굉뢰도의 첫 번째 초식인 패왕인(覇王刃)을 펼
치려던 철혼은 대도를 거둬들일 수밖에 없었다.

자신을 향해 날아온 사람들을 받아 땅으로 내려놓으면서도
세 명의 여인과 다섯 명의 노인의 움직임을 놓치지 않았다.

그런데 이상한 움직임이 감지되었다.

여덟 명의 사람이 습격을 해오지 않고 뒤로 훌쩍 물러난 것이
다.

퍼뜩 떠오르는 불안감.

"물러나!"

철혼은 고함을 지르며 하여령과 사홍을 향해 발길질을 했다.

두 사람이 깜짝 놀라 멀찍이 신형을 날렸다.

바로 그 순간.

콰— 앙!

천붕지탁(天崩地坼) 하는 굉음이 폭발했다.

지옥 화마처럼 엄청난 불길이 확 치솟아 모든 걸 집어삼켰다.

무릎을 꿇고 있던 양민들과 흑수라 철혼 역시 불길 속으로 사
라져 버렸다.

"이놈! 활활 타버려라! 완전히 타서 흔적도 남기지 말고 지옥
으로 사라져 버려라!"

감희연이 앙칼진 폭갈을 터뜨렸다.

그때였다.

촤— 악!

비단폭 갈라지는 소리가 들리더니 지옥화마처럼 활활 타오르던 불길이 일순간에 꺼져 버렸다.

불길이 사라진 자리.

그곳에 지옥을 뚫고 올라온 자가 있었다.

흑수라!

전장의 살귀라는 그가 잔뜩 독 오른 모습으로 우뚝 서 있었다.

맨살이 드러날 정도로 옷자락 여기저기가 흉측하게 타버렸지만, 몸은 멀쩡했다.

위기의 순간 천뢰의 신공이 즉각 반응했다.

체외로 뿜어진 공력의 기파가 화기를 막아낸 것이다.

"모조리 죽여 버리겠다!"

철혼은 미치도록 분노했다.

죄 없는 사람들이 화마 속에서 새까맣게 타버리는 광경을 두 눈으로 보았다.

몸이 타들어가는 지독한 고통 속에서 숨넘어가는 비명을 지르는 광경을 코앞에서 목도했다.

철혼의 분노는 고스란히 해남도의 무리에게로 향했다.

분노의 일갈이 천지간을 뒤흔든 순간 그의 신형이 빛살처럼 쏘아졌다.

한순간에 십여 장의 간격을 꿰뚫더니 무지막지한 일도를 그었다.

"죽어라!"

감희연이 소리치며 일장을 뻗었다.

그러나 전력을 다한 흑수라의 일도를 막기엔 역부족이었다.

"아악!"

섬전 같은 일도가 감희연의 장공을 갈랐다.

비명을 지르는 감희연의 손은 물론이고 가슴까지 한 일(一)자로 갈라졌다.

뒷걸음치는 감희연의 상처가 벌어져 붉은 피가 콸콸 쏟아졌다.

대경한 다섯 명의 노인이 신형을 날려 철혼을 덮쳤다.

부아아아악!

신형을 회전시킨 철혼이 다시 일도를 그었다.

허공이 위아래로 쪼개졌다.

패왕굉뢰도의 무지막지한 일도에 다섯 노인의 공세가 한꺼번에 소멸해 버렸다.

"죽여! 죽여! 죽여 버려라!"

감희연이 아득바득 소리쳤다.

이미 이성을 반쯤은 상실한 모습이었다.

"그렇게 지랄하지 않아도 반드시 죽여주겠다!"

두 눈에서 살기를 쏟아내며 철혼이 다가갔다.

"감 부인, 물러나시오!"

다섯 명의 노인이 다시 신형을 날렸다.

어떻게든 철혼을 막아 감희연이 자리를 벗어날 시간을 벌고

자 했다.

"막아라!"

누군가가 외치자 해남도의 일반 무인들 역시 개떼처럼 몰려왔다.

하나 살심이 폭발해 버린 철혼은 눈 한 번 깜박이지 않았다.

입가의 조소만 더 짙어졌다.

"와라! 모조리 죽여주마!"

철혼이 소리치며 신형을 날렸다.

대도가 패왕광뢰도의 절초 패왕겁(覇王劫)을 쏟아냈다.

살기의 폭풍!

천뢰의 신공을 잔뜩 머금은 대도가 시퍼런 뇌전줄기를 마구 쏟아내며 무시무시한 칼바람을 퍼부었다.

"멈춰!"

철혼의 지독한 무공에 하여령이 사홍을 붙잡았다.

조금만 더 다가갔다간 저 엄청난 칼바람에 맥없이 휘말릴 것 같았다.

"저, 저게 뭐야!"

"으헉!"

몰려들던 해남도의 무인들이 기겁하였다.

가장 먼저 달려들었던 다섯 명의 노인은 시퍼런 뇌전줄기와 무지막지한 칼바람에 신형조차 제대로 남기지 못하고 있었다.

카가가가가가! 콰와아아아!

굉음과 시퍼런 뇌전줄기들이 공간을 마구 찢어발기는 가운데 무수한 혈편이 우박처럼 쏟아졌다.

피 보라가 시야를 가렸다.

죽음이라는 섬뜩한 그림이 모두의 머릿속을 하얗게 만든 순간.

척!

곧게 뻗은 칼날의 끝부분이 감희연의 목에 닿았다.

"……!"

"아이들이 보이지 않는군."

"……?"

"만일의 경우를 대비한 것인가? 죄 없는 양민들을 무참히 죽여놓고 해남도가 멀쩡하기를 바란 것인가? 우습군. 지옥에 가거든 내가 해남도를 어떻게 쓸어버리는지 두 눈 크게 뜨고 지켜보도록 해."

"이놈 무슨 짓을… 컥!"

감희연이 말을 하자 듣기 싫다는 듯 칼을 쑤셔 버린 철혼.

지옥에서 뛰쳐나온 악귀처럼 무자비한 얼굴로 잔혹한 말을 속삭였다.

"해남무림은 씨조차 남겨주지 않을 테니, 지옥에서 모조리 만나도록 해."

말이 끝남과 동시에 칼날이 감희연의 목 뒤로 완전히 튀어나왔다.

감희연은 입을 쩍 벌린 채 뭔가를 애원하는 표정으로 철혼을 쳐다봤다.

하나 철혼은 싸늘한 표정으로 칼을 뽑아버렸다.

"컥! 커, 커르르륵!"

피가 넘치는지 가래 끓는 소리를 내며 이리저리 비틀거리던 감희연은 결국 땅바닥에 볼썽사납게 고꾸라졌다.

감희연을 죽인 철혼은 돌처럼 멈춰 서버린 해남도의 무인들을 쓸어보았다.

삼백가량의 숫자.

철혼은 대도를 들어 그들을 가리키며 다가갔다.

"오지 않아도 죽고, 와도 죽는다."

전장의 살귀, 흑수라의 살기가 대로를 완전히 집어삼키고 있었다.

먹구름이 몰려와 하늘을 새까맣게 뒤덮었다.

대낮의 어둠.

그 속에서 해남 무인들은 흑수라의 공포에 질려 버렸다.

"도, 도망쳐야 해!"

"저자는 인간이 아니야. 악귀야, 악마야. 해남도로 가서 아이들을 숨겨야 해."

"도, 도망쳐……!"

두려움을 모른다는 해남도의 무인들이 공포에 사로잡혔다.

다가오는 흑수라의 존재감에 짓눌려 자신들도 모르게 뒷걸음질 쳤고, 급기야 하나둘 뒤돌아 뛰기 시작했다.

바로 그때였다.

두두두두두두두!

대로를 뒤흔드는 소리.

수십의 기마대가 검은 물결처럼 몰려왔다.

순식간에 철혼과 하여령 그리고 사홍을 지나쳐 도주하기 시작하는 해남무인들을 단숨에 덮쳤다.

"크아악!"

"도, 도망쳐라!"

"흑영대다!"

비명과 고함 그리고 말울음 소리가 대로를 뒤흔드는 가운데 일방적인 학살이 벌어졌다.

검은 물결처럼 밀고 간 흑영대가 해남도의 무인들을 단숨에 쓸어버렸다. 숫자가 세 배 정도 차이 났지만, 무공의 격차가 워낙 컸다.

마상에서 휘두르는 칼질에 제대로 반격조차 못하고 피를 뿌리고 쓰러졌다.

태풍이 몰아친 듯.

거리에는 해남무인들의 시신이 잔해처럼 널브러졌다.

그야말로 순식간에 벌어진 일이었다.

천하를 종횡무진하는 이들과 고작 일개 섬에서 날뛰는 이들의 격차를 극명하게 보여주는 것 같았다.

해남도는 광서, 광동, 복건을 비롯한 남해무림이 잔뜩 경계하는 세력이지만, 사도천과 천하를 다투고 있는 천하영웅맹 내에서도 가장 강하다고 알려진 흑영대를 상대하기엔 가진 무력이 너무나 보잘 것 없었다.

멀리 숨어서 훔쳐보던 사람들은 흑영대라는 이름이 어찌 천하를 질타하는지 직접 두 눈으로 목격할 수 있었다.

흑영(黑影)!

검은 그림자들.

저들은 그림자가 아니었다. 바람이었다. 폭풍이 되어 천하를 휩쓸어 버릴 질풍이었다.

걸리적거리는 건 모조리 쓸어버리는 일대광풍이었다.

키히히히힝!

반각 후, 승전고처럼 울어대는 전마들의 울음소리를 몰고 그들이 돌아왔다.

머리에는 새까만 철립을 쓰고, 한여름의 더위 따위는 아무렇지도 않은 듯 흑의에 묵빛의 장포로 전신을 감싸고 있었다.

숫자는 팔십 정도에 불과했지만, 그들의 존재감은 대로를 벗어나 뇌주 땅을 아우르고 있었다.

그 선두에 두 사람, 섭위문과 탁일도가 얼음과 불이라는 상반되는 기운을 잔뜩 개방한 채 철혼을 향해 똑바로 다가왔다.

입가에는 잔잔한 미소를 머금은 채.

"늦었습니다."

말에서 내린 섭위문이 대표로 입을 열었다.

두 눈으로는 맨살이 드러날 정도로 옷자락 여기저기가 흉측하게 타버린 철혼의 몸을 살폈다.

다행히 몸에는 아무런 지장이 없는 것 같아 보이자 안도하는 기색을 드러냈다.

"재미는 혼자 다 보고, 조금만 기다려 주시지 그랬습니까?"

탁일도가 못마땅한 듯 말했다.

그 역시 두 눈은 철혼의 위아래를 살피고 있었다.

철혼이 아무렇지도 않다는 태도로 대도를 분리하여 철곤들과 칼을 갈무리하자 내심 가슴을 쓸어내렸다.

"폭음이 들리던데, 뭡니까?"

섭위문이 물었다.

좀 전의 폭발은 뇌주 땅을 뒤흔들 정도로 강렬한 것이었다.

"벽력뇌화구(霹靂雷火球)인 것 같더군."

"벽력뇌화구라면?"

섭위천이 놀란 듯 눈을 크게 떴다.

"그래, 사도천이 개입한 모양이야."

"가까이 있겠군요?"

"여기를 정리하는 동안 사조장한테 찾으라고 해."

"알겠습니다."

섭위문이 물러갔다.

도열하고 있던 대원들을 부려 장내를 치우도록 지시를 내렸다.

그 와중에 지장명이 이끄는 사조가 은밀하게 사라졌다.

철혼은 벽력뇌화구가 폭발했던 자리를 돌아봤다. 잘게 찢어지고 불타 버린 혈편들이 굴러다녔다.

해남도를 따르지 않은 뇌주의 소상인들 이십여 명이 불귀의 객이 되고 말았다.

벽력뇌화구가 폭발한 탓에 시체조차 온전히 남기지 못했다.

철혼은 마음이 편치가 않았다.

이번 뇌주의 작전은 완벽하게 실패했다.

좀 더 주의를 했어야 했다.

흑영대 사조를 먼저 투입하여 해남도의 무리가 어떤 함정을 파고 있을지 조사했다면 이십여 명의 희생자가 나오지 않았을 수도 있었다.

해남도를 쓸어버리고 흑도의 무리도 깨끗이 처리했지만, 받아들이는 사람들에 따라 뇌주에서의 작전은 흑영대의 오점으로 남을 수도 있다.

그런 일이 발생하지 않기를 바라지만, 사도천과 천하영웅맹이 가만히 있을 리가 없다.

기다렸다는 듯이 소문을 만들어내고 떠들어댈 것이다.

있던 일은 부풀리고, 없던 일도 만들어내 흑영대를 악의 무리로 매장하려들 것이다.

하나 상관없다.

아니, 거기에 연연하지 않겠다.

어차피 영웅협객이 될 생각은 없으니 애초의 계획대로 밀고 가겠다.

철혼은 미안함을 떨쳐내고 냉정히 돌아섰다.

그때 사홍이 염려 가득한 얼굴로 쭈뼛거리며 다가왔다.

"저어……."

"할 말이 있나?"

"예."

"말해봐."

"그, 그게……."

얼른 말을 못하고 탁일도를 곁눈질했다.

"뭔데 그래? 내가 들으면 안 되는 거냐?"

"죄, 죄송합니다."

"이거 삼조장이 애들 교육을 어떻게……."

"이조장은 여령이 간수나 잘해."

"예? 여령이가 사고 쳤습니까?"

화들짝 놀란 얼굴로 하여령을 찾아 사방을 두리번거리는 탁일도, 마침내 저쪽에서 동료들을 도와 시체들을 치우고 있는 하여령을 발견하고는 그쪽으로 한걸음에 달려갔다.

"여령아! 너 무슨 사고 쳤냐? 여령아!"

철혼은 멀어지는 탁일도에게서 시선을 돌렸다.

망설이던 사홍은 한 차례 심호흡을 하더니 입을 열었다.

"기루에서 있었던 일은 삼조장께 말하지 않으셨으면 합니다."

"그러지."

"제… 본 것도……."

"알몸 본 것도 말하지 말아달라고?"

철혼의 말에 사홍이 화들짝 얼굴을 붉히며 쳐다봤다.

"입 다물지. 됐어?"

"예? 예. 감사합니다."

안심한 사홍은 후다닥 도망치듯 가버렸다.

그 모습을 보며 철혼은 실소를 흘렸다.

흑영대와 가장 어울리지 않는 대원을 꼽으라면 사홍이다.

평소에는 부끄럼 많은 소녀를 보는 것 같다. 그런 사홍이 삼조장 능인을 가슴에 품고 있다.

같이 붙어 지내다 보니 정이 든 모양이다.

두 사람이 잘되기를 바라지만, 남녀 간의 일은 함부로 끼어들지 않는 것이라고 하니 당분간 지켜보기만 할 생각이다.

"뭔데? 대주, 내가 뭘 잘못했는데?"

하여령이 씩씩거리며 다가왔다.

탁일도가 그러지 말라고 손을 잡았으나 단숨에 뿌리쳤다.

"잘못한 거 없다."

"뭐?"

"넌 실수 같은 거 잘 안 하잖아?"

"그야… 뭐, 조장!"

하여령이 소리치자 탁일도가 어깨를 움츠리며 철혼을 돌아봤다.

"간수 잘하라면서요?"

"잘 돌봐주라는 건데, 싫어? 다른 조로 옮겨줄까?"

"아, 아뇨! 그럴 리가 있겠습니까?"

하여령의 눈치를 보며 다급히 손사래 치는 탁일도.

하나 하여령의 눈은 이미 쌍심지를 켜고 있었다.

"대체 뭐야? 조장이 나 옮겨달라고 한 거야?"

"아니야. 그럴 리가 없잖아."

"그럼 대주가 한 말은 뭔데? 잘 돌봐주라고 했는데, 왜 나한 테 와서 사고 쳤냐고 시비를 거는 건데?"

"그, 그게 그러니까."

"말 못하는 거 보니까 맞네. 알았어. 대주 나 일조로 옮겨줘."

"안 돼! 그건 안 돼! 대주님, 못 들은 것으로 해주십시오!"

이대로는 안 되겠다 싶었는지, 탁일도가 얼른 하여령을 잡아 끌고 도망치듯 멀어졌다.

그 모습을 잠시 지켜본 철혼은 대원 중 일부가 커다란 구덩이 근처에 떨어져 있는 혈편들을 모으는 것을 보고는 그쪽으로 다가갔다.

"소귀, 이곳에 있는 시신들은 뇌주 상인들이니까, 따로 모시도록 해."

"존명!"

소귀가 알았다는 듯 대답했다.

그러나 구덩이 주위를 둘러봐도 시신이라고 부를 만한 것은 단 한 구도 보이지 않았다. 그저 형체를 알아볼 수 없게 불타 버린 육편들만 즐비하게 널브러져 있을 뿐이었다.

"개종자들! 우리끼리 싸운 거니까, 죽고 죽이는 것도 우리끼리 해야 할 거 아냐!"

소귀가 분노한 듯 소리쳤다.

＊　　＊　　＊

"벽력뇌화구의 폭발 속에서도 멀쩡했습니다."

"흐음! 대비를 하고 있어도 일조경(一造境)의 고수 정도는 단숨에 날려 버리는 폭발력인데……."

총귀는 자신의 보좌관이자 제자인 사시안 청년의 보고에 눈살을 찌푸렸다.

"옷자락만 조금 탄 것으로 봐서는 최소한 초월경의 경지에 들어선 것이 확실합니다."

"허허, 거 참! 흑수라가 초월경이다?"

총귀는 기가 차다는 표정이었다.

하나 뇌전도(雷電刀) 화지홍과 벽력도문주 화군천을 상대하던 모습을 떠올려 보면 의심할 여지가 없다.

뇌전도 화지홍이 초월경을 목전에 둔 여의경의 고수라고 알려져 있으니, 그게 맞다면 놈은 초월경이어야 한다.

그래야 화지홍과 화군천이 그렇게 무력하게 당한 것이 설명이 된다.

"예상 밖으로 강하다만 어쨌거나 놈의 무공 수위는 어느 정도 파악된 것 같군."

"예."

"그렇다면 남은 문제는 놈을 어떻게 처리하느냐인데……."

"굳이 처리할 필요가 있겠습니까?"

"그게 무슨 말이냐?"

"저들끼리 자중지란을 벌이고 있는데, 그대로 놔두면 천하영웅맹의 세력이 약화될 것이 아닙니까?"

"멍청한 놈!"

"예?"

"진짜 자중지란은 천하영웅맹 내에 있다."

"그게 무슨 말씀이십니까?"

"원로원과 신임맹주 간의 알력다툼이 있지 않느냐!"

"그게 흑수라와 무슨 상관입니까?"

"외부의 적은 안을 결속시키는 데에 아주 적합한 법이다."

"맞는 말씀입니다만, 굳이 놈이 아니어도 본 천이 있지 않습니까?"

"본 천이 가만히 있으면?"

"아!"

사도천 역시 내부의 잡음이 있어 천하영웅맹에 집중할 수 없는 상태라는 말이고, 바꿔 말하면 흑수라를 제거한 후 사도천이 조용히 있으면 천하영웅맹 내의 자중지란이 갈수록 심각해질 거라는 뜻이다.

"눈치는 비상한 놈이 어찌 그리 머리가 안 돌아가는지 모르겠군."

"죄송합니다."

"꼭 그게 아니어도 흑수라는 본 천이 반드시 죽여야 할 놈이다. 놈과 흑영대에게 당한 것이 한두 번이었느냐! 놈이 천하영웅맹에서 떨어져 나온 이 기회에 반드시 죽여야 한다. 그래야 본 천의 자존심이 선다."

"알겠습니다."

이때였다.

실내 구석에 매달린 종이 나직하게 울렸다.

사시안 청년이 빠르게 총귀를 돌아봤다.

"발각된 모양입니다."

"여튼 빠르다니까."

총귀가 알 수 없다는 듯 고개를 저었다.

흑영대의 정찰능력은 정말 타의 추종을 불허했다.

암행귀(暗行鬼)들의 총수장으로서 자존심이 상할 정도였다.

수년 간 암천각의 힘을 총동원해서 알아낸 바에 의하면 흑영대 내에는 작전 중에 정찰과 정보를 수집하는 조가 별도로 구성

되어 있었다.

인원은 열 명 남짓인데, 주변을 정찰하고 수색하는 능력이 암행귀들이 따르지 못할 정도로 은밀하고 빨랐다.

흑영대가 그토록 승승장구할 수 있었던 데에는 그들의 수장인 흑수라의 강한 무공이 가장 큰 영향을 차지하지만, 대원들을 실질적으로 이끄는 두 명의 조장과 사조의 신속한 정찰력도 크게 한몫했다는 게 암천각의 분석이었다.

"이 기회에 만나볼까?"

"예?"

"본 천은 어디쯤 오고 있느냐?"

"내일이면 이곳에 당도할 겁니다."

"좋아. 시간도 적당하니 내일 이곳에서 한판 벌여보는 것도 나쁘지 않겠군."

"흑영대가 그렇게 하겠습니까? 칠사(七邪)이신 홍염사화(紅艶邪花)와 흑면사독(黑面邪毒) 두 분과 오흉(五凶)에 속하는 혈목괴(血木怪)와 천수탈혼(千手奪魂) 두 분이 혈영대(血影隊)와 혈궁대(血弓隊) 사백을 이끌고 오는데, 미쳤다고 싸우겠습니까?"

"그렇게 만들어야지."

"예?"

"벽력뇌화구가 몇 개 남았느냐?"

"두 개 남았습니다."

"좋다. 넌 한 개를 가져가서 정확히 반각 후에 저자 한복판에서 터뜨리거라."

"많이 죽을 겁니다."

"그러라고 하는 것이다. 다 왔구나. 얼른 가거라."

"존명!"

사시안 청년이 한쪽 벽에 세워져 있는 옷장을 밀자 작은 문이 나타났다.

청년은 그 문을 열고 조용히 사라졌다.

이후 옷장이 저절로 제자리로 돌아왔다.

총귀는 의자에 깊숙이 몸을 묻은 채 출입문을 바라봤다.

호흡을 가라앉히고 여유를 갖추고 있자니 묵직한 발걸음 소리가 가까워졌다.

쾅!

출입문이 부서지고 흑의 청년이 안으로 성큼 들어섰다.

흑영대주 흑수라, 바로 그였다.

철혼은 의자에 앉아 있는 오 척 단구의 노인을 향해 똑바로 다가갔다.

노인은 투명한 눈을 반짝거리며 바라보고 있었다.

여유가 있다. 조금도 당황하지 않고 있다. 자신이 오고 있음을 알고 있었음에도 도망치지 않았다.

그것이 의미하는 바는 둘 중 하나다.

'날 상대할 만한 충분한 무력을 갖추었거나 내가 죽이지 못할 거라는 거겠지.'

어느 쪽이든 그 밑바탕에는 자신감이 깔려 있다.

그것이 조금 화가 났다.

"내가 누군지는 알 것이고, 정체나 물읍시다."

"알아맞혀 보게."

철혼의 미간이 오므려졌다.

눈앞의 노인을 어찌 다루어야 할지 선뜻 답이 나오지 않았다.

'단순한 폭력에 굴해 이것저것 떠벌릴 존재가 아니군.'

그렇다면 답은 하나다.

스윽!

철혼은 철곤을 뽑아 들었다.

"고문을 하겠다는 건가?"

"고문한다고 입을 열 사람이오?"

"당연히 아니지."

"그럴 거라 생각하고 있소."

철혼이 고개를 끄덕이며 성큼 한 발 다가오자 노인의 표정이
굳었다.

"설마 죽이겠다는 건가?"

"정보를 캐낼 수 없으니 죽이는 수밖에."

"정말 앞뒤 안 가리고 날뛰는군."

"그래야 천하영웅맹과 사도천 둘 다 상대할 수 있거든."

철혼이 손을 번쩍 쳐들었다.

바로 그때였다.

쾅!

멀리서 폭발음이 들렸다.

철혼이 동작을 멈추고 창밖으로 시선을 돌렸다.

몇 채의 전각 너머에서 시커먼 연기가 솟구치는가 싶더니 거

대한 불길이 확 일어나 전각을 집어삼켰다.

벽력뇌화구가 틀림없다.

철혼은 노인을 향해 시선을 돌렸다.

"당신 짓이오?"

"난 여기에 있지 않나?"

"난 선문답을 좋아하지 않소. 다시 묻겠소. 당신 짓이오?"

"어차피 죽을 건데 대답을 할 것 같은가?"

"날 협박하기 위해 터뜨린 것이오?"

"영리하군. 똑똑해. 정말… 좋지 않군. 본 천에는 좋지 않아. 하긴 그 나이에 초월경에 오를 정도이니……."

사람들이 몰려 있는 곳에 벽력뇌화구를 터뜨려 놓고도 아무렇지도 않은 듯 중얼거리는 총귀의 모습에 철혼은 극도로 화가 났다.

단숨에 머리통을 부숴 버리고 싶었다.

하지만 지금은 참아야 했다.

눈앞의 총귀가 무엇을 원하는지 들어볼 때였다.

일단은 말이다.

"원하는 게 뭐요?"

"내가 원하는 건 딱 하나이네."

"그게 뭐요?"

"그전에 내 정체 좀 알아보지 그러나?"

"……!"

철혼이 잔뜩 인상을 쓴 채 대답을 않자 총귀가 시선을 돌려 철혼 뒤에 시립해 있는 몇몇의 흑영대원을 둘러보았다.

"거기 자네. 내가 누구일 것 같은가?"

"사도천에 본 대의 대주님을 노인장처럼 그렇게 여유 있게 맞아줄 사람은 흔치 않습니다."

"흑수라가 뭐 그리 대단한 존재라고?"

"본 대와 본 대의 대주님을 못 잡아먹어서 안달인 사도천이니 보자마자 달려들었어야 정상입니다."

"그런가?"

"거기에 오 척 단구임에도 앉은 자세에 위엄이 가득하니 사람을 많이 부리고 계시는 분이시지요."

"그래서?"

"노인장은 암행귀(暗行鬼)들의 수장이신 총귀입니다."

지장명의 말에 철혼의 눈이 반짝 빛났다.

철혼은 맞느냐는 표정으로 총귀를 내려다보았다.

"맞네. 내가 바로 일천 암행귀들의 수장인 총귀라네."

총귀가 의자에서 일어났다.

오 척에 불과한 키이지만, 태산같이 위엄서린 기도가 일순간에 흘러나와 대단한 존재감을 과시했다.

7장

'난 들었고, 결정을 내렸소

"자네가 흑영대 사조장이로군."

총귀의 눈이 철혼에게 향했다가 다시 지장명에게로 움직였다.

지장명이 간단히 읍했다.

"그렇습니다."

"자네 혹시 사도천으로 올 생각 없는가? 내 자리를 넘겨줄 수도 있네만?"

"대주님께서 허락한다면 그리합지요."

"그런 것도 허락을 받아야 하는가?"

"전 흑영대원이니까요."

"그렇군."

총귀는 아쉽다는 듯이 입맛을 다시며 도로 자리에 앉았다.

"죽일 거 아니면 앉지?"

총귀의 말에 철혼은 철곤을 집어넣고 맞은편에 앉았다.

의자에 앉아 똑바로 바라보니 총귀가 다시 보인다. 허튼수작 부리기 전에 빨리 죽이라고 경계심이 든다.

하나 아직은 그럴 수가 없다.

눈 하나 깜빡이지 않고 저자에 벽력뇌화구를 터뜨려 버린 사람이다.

서너 개만 더 터뜨려도 수백이 목숨을 잃고 말 것이다.

"날 기다리고 있었소?"

"겸사겸사 저 친구도 만나보고 싶었다네."

총귀가 지장명을 턱짓했다.

"사조를 경계하고 있었소?"

"워낙 빨랐으니까. 말 나온 김에 물어보자. 그래, 수하들을 그렇게 신속하게 움직인 비결이 뭔가?"

총귀가 지장명을 향해 물음을 던졌다.

지장명은 총귀가 그렇게 물은 저의를 알 수가 없어 적잖이 당황했다.

하나 그건 내심일 뿐이고, 겉으로는 여유를 잃지 않은 자세로 대답을 해주었다.

"암행귀들에게 지고 싶지 않아서라고 해두지요."

총귀가 어이없다는 표정을 지었다.

하나 그건 잠깐에 불과했다. 잠깐 생각을 하는가 싶더니 이내 웃음을 터뜨렸다.

"그렇군. 경쟁심이야말로 가장 훌륭한 채찍이고 당근인 법이지. 그걸 이제야 깨닫게 되다니, 자네에게 감사해야겠군. 고맙네. 고마우이. 껄껄껄!"

장내의 상황이 총귀의 의도대로 흘러가고 있었다.

철혼은 그렇게 놔둘 수가 없었다.

"날 기다린 연유가 뭐요? 또 사도천의 총귀가 바라는 건 뭐요?"

철혼의 목소리에 날이 서 있음을 느낀 총귀가 웃음을 거두었다.

"두 물음에 대한 답은 하나일세."

"그게 뭐요?"

"싸우는 것일세."

총귀가 누런 이를 드러내며 씩 웃었다.

뭔가 재미난 것을 발견한 사람처럼 잔뜩 흥이 난 표정이었다.

"본 대가 싸우기를 바란다는 거요?"

"맞네."

"상대는?"

"당연히 사도천이지. 본 천이 아니고서야 누가 흑수라와 흑영대를 상대할 수 있겠는가?"

칭찬 아닌 칭찬을 하며 능글맞게 웃는다.

철혼은 그 면상을 부숴 버렸으면 하는 충동을 느껴야 했다.

"누가 오고 있소?"

"본 천에는 흑영대와 꼭 닮은 부대가 있지."

"혈영대!"

"맞네. 혈영대가 발바닥에 땀나도록 달려오고 있다네."

혈영대는 사도천이 천하영웅맹의 흑영대를 본떠 만든 부대였다. 그래서 혈영대는 흑영대에 대한 적의가 유독 심했다.

그들의 주적은 천하영웅맹이 아니라 흑영대라고 할 정도였다.

"혈도부(血屠斧)는?"

혈도부는 철혼의 눈가에 상흔을 남긴 자다.

철혼이 흑영대 소악귀이던 시절에 흑영대가 백척간두의 위기에 처했을 때가 있었다.

당시에 흑영대를 위기로 몰아넣은 자들은 혈전대와 혈영대였다.

그때 혈영대주 혈도부는 흑영대주를 반드시 잡겠다는 일념하에 무시무시한 괴력을 쏟아내며 흑영대주와 대원들을 분리시키는 데 성공했다.

흑영대주는 자신을 악착같이 물고 늘어지는 혈도부를 상대하며 흑영대원들에게 빠져나가라고 지시를 내렸다.

그 명을 거부한 건 소악귀이던 철혼이었다.

─제 수하조차 지키지 못하면서 무슨 천하를 바꾸겠다는 겁니까? 내가 있고, 동료가 있기에 천하도 있는 겁니다.

그 당시 맹주에게 천뢰장을 배우고 있던 철혼은 막 자리 잡기 시작한 천뢰의 신공을 하단전이 망가지는 것을 감수해 가며 폭발적으로 쏟아내 혈도부를 일장에 날려 버렸다.

흑영대주를 상대하는 데 급급하던 혈도부를 갑자기 급습한 덕분에 성공할 수 있었지만, 혈도부가 끝까지 휘두른 혈부에 하마터면 머리가 두 쪽으로 쪼개질 뻔했다.

"당연히 혈도부가 이끌고 있네. 아, 참고로 알려주자면 혈도부의 혈부가 당시보다 배는 더 커졌다네. 아주 볼만할 것이네. 크흘흘!"

총귀가 괴소를 흘렸다.

두 사람의 싸움이 정말 기대된다는 표정이다.

하지만 뭔가 모자란다.

흑수라의 명성은 사도천의 칠사를 능가하고 있으니까.

"또 누가 오고 있소?"

"부족하다 여기는가?"

"말하기 싫다면 우리가 알아보겠소."

"뭐 어려운 일이라고. 내가 알려줌세."

막 자리에서 일어난 철혼이 눈을 빛내며 총귀를 바라봤다.

총귀는 만면에 미소를 가득 채우며 말했다.

"흑영대를 잡기 위해 혈영대와 혈궁대 사백이 출동했고, 자네를 잡기 위해서는 사독과 사화가 나선 것으로 아네."

총귀의 설명이 끝났다.

철혼은 별다른 반응을 내비치지 않았으나 섭위문과 지장명이 놀라는 반응을 보였다.

"우리가 그따위 말도 안 되는 싸움에 응할 것 같습니까?"

지장명이 총귀를 향해 소리쳤다.

그러나 총귀가 씩 웃었다.

"그렇게 될 거네."

확신에 찬 모습이라 지장명이 더 당황했다.

"대주님, 안 됩니다."

천하영웅맹 십주에 속하는 벽력도패와 철혈무검을 쓰러뜨린 철혼이니 홍염사화와 흑면사독의 합공도 감당할 수 있을 지도 모른다. 하지만 거기에 혈도부가 합류한다면 이야기가 달라진다. 또한 혈영대와 혈궁대가 합쳐진 사백이라는 숫자를 흑영대가 어찌 감당한단 말인가?

설혹 이긴다 하더라도 피해가 어떠할지 불을 보듯 뻔했다.

"안 되도 해야 할 걸세."

"대체 무슨 속셈인지는 모르나 본 대가 그렇게 어수룩해 보입니까?"

총귀의 말에 지장명이 따지듯 말했다.

하나 총귀는 늙은 너구리처럼 능글맞게 대할 뿐이었다.

"그 정도의 전력조차 감당하지 못하면서 광동성은 어찌 지키려고 하는가?"

"뭐요?"

"본 천은 물론이고, 천하영웅맹에서도 자네들을 잡으려고 안달인데 계속 도망칠 텐가? 비밀결사처럼 도망다니면서 광동성에 새로운 세상을 열 수 있다고 보는가?"

총귀가 정곡을 찔렀다.

지장명은 얼굴만 일그러뜨릴 뿐 반박하지 못했다.

광동성에 새로운 세상을 열려면 흑영대가 광동에 뿌리를 내려야 한다.

흑도를 쓸어버렸다고 해서 새로운 세상이 저절로 열리는 건

아니다. 사람들을 다독이고 지켜주어야 한다. 믿음을 심어주어
야 한다.

"그렇다고 길이 아님을 알면서도 갈 수는 없는 일입니다. 흑
영대에는 흑영대만의 방식이 있는 법이니 총귀께서 보고 싶어
하는 싸움은 일어나지 않을 겁니다."

"왜 싸워보기도 전에 진다고 생각하는가? 좋네. 내가 저들의
약점을 알려주겠네. 저들은 흑수라의 정확한 무공 수위와 흑영
대가 보유한 강전에 대해서는 아직 모르고 있네. 내가 아직 본
천에 알리지 않았거든. 어떤가? 이 정도면 한판 해볼 만하지 않
은가?"

저들의 약점이 아니다.

이쪽의 이점이다.

하나 사용하기에 따라 이쪽의 이점이 저들의 약점으로 작용
하는 법이다.

철혼은 눈빛을 반짝 빛냈다.

"굳이 싸움을 보려고 하는 이유가 뭐요? 내버려 두었다면 나
와 본 대가 그들에게 당할 수도 있을 것인데 말이오?"

"궁금한가?"

"궁금하오."

"그렇다면 이야기해 줌세. 단 듣고 난 후에 내 말에 수긍이 간
다면 날 놓아주게. 사실 자네들의 이점을 알려주고 싸우도록 하
기 위해 남았던 것인데, 여기서 그냥 죽어버리면 내가 너무 우
스운 꼴이 되지 않겠는가?"

"들어보고 결정하겠소."

"좋네. 흑수라의 이름을 믿어보겠네."

총귀는 잠시 철혼의 반응을 지켜보았다.

하나 태산처럼 우뚝 서 있을 뿐, 더 이상 가타부타 말을 하지 않았다.

총귀는 고개를 끄덕이며 입을 열었다.

"알력다툼은 천하영웅맹에만 있는 게 아니라네. 난 지금 발에 땀나도록 달려오고 있는 이들이 전부 사라져도 아쉬울 게 없는 사람이네."

"파벌이 다르단 말이오?"

"그렇다고 보아도 무방하네."

총귀가 이 자리에 남아 있는 게 설명이 된다.

어느 쪽이 전멸해도 상관없다. 이긴 쪽 역시 상당한 피해를 입을 테니까.

그게 총귀의 입장인 것이다.

그렇다고 안심하고 믿을 수는 없다. 적은 그 어떤 경우에라도 적일뿐이니까.

철혼은 철곤을 뽑았다.

"왜 그러는가? 약속을 어길 참인가?"

총귀가 화들짝 놀라 소리쳤다.

그러나 철혼은 멈추지 않았다.

"난 들었고, 결정을 내렸소."

퍽!

총귀의 머리통이 부서졌다.

"그만 가지."

철혼은 냉랭히 돌아서서 밖으로 나가 버렸다.

실내엔 피비린내와 총귀의 시체만이 을씨년스럽게 남았다.

한데 얼마나 지났을까?

갑자기 총귀의 시체에서 시커먼 연기가 흘러나왔다.

마치 악마의 손길인 양 실내 구석구석을 더듬더니 놀랍게도 총귀의 머리통에서 터져 나간 피와 살점을 회수해 왔다.

'우드득!' 하는 소리와 함께 부서진 머리통이 원래의 모습을 찾더니, 놀랍게도 총귀가 두 눈을 번쩍 떴다.

"어린놈이 참으로 흉악하구나!"

살짝 분노를 내비친 총귀는 사시안 청년이 했던 것처럼 한쪽 벽에 세워져 있는 옷장을 밀었다.

작은 문이 나타나자 문을 열고 조용히 사라졌다.

이후 옷장이 저절로 제자리로 돌아왔다.

총귀가 사라진 실내에 정적이 감돌았다.

죽음이 사라진 자리에 죽음 같은 적막이 감돌았다.

스윽!

누군가가 적막을 부수고 안으로 들어왔다.

미세한 소리조차 내지 않고 출입문을 밀고 들어온 이는 다름 아닌 흑영대 삼조장 능인이었다.

능인은 실내를 한 차례 둘러보더니 총귀가 사라진 옷장 앞으로 갔다.

잠깐 여기저기를 살펴본 능인은 곧 옷장을 밀었다.

작은 문이 나타났고, 능인 역시 그 문을 열고 사라졌다.

제자리로 돌아온 옷장.

모두가 사라진 자리에 시간만이 고요하게 흘렀다.

$$*\qquad*\qquad*$$

"어떻게 아셨습니까?"

"몰랐어."

"예?"

지장명은 담담히 대답하는 철혼을 놀란 눈으로 쳐다봤다.

총귀가 살아날 것이라는 걸 모르고 죽였다니 여간 의아한 게 아니다.

물론 총귀는 죽여야 할 자다. 하니 죽인 것 자체가 문제가 될 일은 아니다.

정말 납득이 가지 않는 건 총귀가 살아났고, 철혼은 그같이 놀라운 일을 당연하다는 듯 받아들였다는 사실이다.

지장명은 더 설명을 바란다는 표정을 지었다.

다행히 철혼은 수하들의 물음을 귀찮아하는 성격이 아니었다.

"그가 당당하게 날 기다릴 수 있는 이유가 뭘까? 어떻게든 살수 있다는 자신감일 거야."

"예. 거기까지는 저도 그렇게 생각했습니다. 하지만 대주께서는 총귀를 죽였습니다. 망설임 없이요."

"그랬지. 그런데 그도 망설임 없이 죽음을 받아들이더군."

"예?"

의문을 터뜨린 지장명은 좀 전의 상황을 머릿속에 그려보았다.

대주가 철곤을 뽑자 총귀가 몹시 당황했다.

당연한 일이다.

자신의 죽음이 코앞에 있거늘 어찌 당황하지 않겠는가.

거기까지는 의심의 여지가 없다.

하나 지장명이 곰곰이 생각해 보니 거기에 이상한 점이 있었다.

'당황했다고 해서 총귀쯤 되는 자가 그렇게 맥없이 당해? 그건 정말 이상한 일이군.'

대주가 휘두른 철곤은 정말 강하다.

하지만 피할 엄두조차 내지 못할 정도로 빠르지는 않았다. 대주가 속도를 조절한 것이다.

총귀 정도라면 막거나 피하려고 시도 정도는 했어야 했다.

하나 총귀는 그러지 않았다. 대주 말대로 망설임 없이 얻어맞았다.

정말 이상한 일이지 않은가?

'그래서 대주는 총귀의 죽음에 뭔가가 있을 거라고 의심한 거군.'

지장명은 고개를 끄덕였다.

"사도(邪道)에 불사(不死)의 괴공이 몇 가지 존재한다고 들었는데, 그중 하나겠지요?"

"그중 하나겠지만, 불사는 아닐 거야."

"그런가요?"

"다음에 만나면 머리와 심장을 박살 내버려야겠어. 그래도 살아난다면 불사라고 믿어주지."

"그 자리에 저도 꼭 있었으면 합니다. 궁금하거든요."

정말 궁금하다는 듯 눈을 빛내는 지장명.

이어서 철혼을 향해 고개를 끄덕였다.

"그나저나 참 대단하십니다."

"뭐가?"

"너구리 중의 너구리라는 총귀를 간파하다니 말입니다."

"너구리라. 그럴듯하군. 하지만 내가 대단하다는 말은 틀린 것 같아. 사조장에 비하면 많이 부족하니까."

"아닌 것 같습니다만?"

"그렇지 않아. 무공이 올라서니 찰나의 순간을 볼 수가 있더 군. 그래서 사조장이 보지 못한 것을 보았을 뿐이야."

"글쎄요, 제가 그 경지까지 이르지 못해 뭐라 말은 못하겠습 니다만, 여튼 대주님의 머리가 보통이 아닌 건 확실한 것 같습 니다."

"그냥 칭찬으로 받아들일 테니 그쯤하고, 적을 상대할 묘책 이나 말해봐."

"그전에 총귀의 말을 어디까지 믿으십니까?"

"전부 다."

"전부 믿는단 말입니까?"

"굳이 거짓을 말할 이유가 없으니까. 사조장이라면 그 상황 에서 거짓을 말하겠나?"

"아니요. 어차피 의심을 받을 상황이니 굳이 거짓을 섞느라 진땀을 빼지 않을 겁니다."

"나 역시. 근데 그게 그렇게 중요하나?"

"당연히 중요합니다. 본 대가 혈영대와 혈궁대를 동시에 상대하자면 믿을 수 있는 건 귀궁노뿐이니까요."

"강전을 더 많이 준비해야 되겠군."

"그거라면 이미 지시해 두었습니다."

"좋아. 다음은?"

"다음은 없습니다."

철혼은 천연덕스럽게 말하는 지장명을 멍청하게 바라봤다.

"정말 없나?"

"뭐가 있겠습니까? 그저 대주님께서 홍염사화와 흑면사독을 빨리 쓰러뜨리기를 기다리는 수밖에요. 아, 한 가지 더 있네요. 능인 삼조장이 제때에 돌아와 주는 거요."

"빈손일 수도 있네."

"그럼 어쩔 수 없지요. 대주님께 기대하는 수밖에."

"너무 날로 먹으려 드는군."

"어쩔 수 없잖습니까. 이번엔 전력의 차이가 너무 많이 나니."

"좋아. 그 전력의 차이를 극복할 수 있는 방법을 알려주지."

"좋은 묘책이 있습니까?"

지장명이 눈을 반짝이며 쳐다봤다.

대주의 머리가 보통이 아닌 것 같다는 자신의 말이 맞지 않느냐는 표정이었다.

철혼은 피식 웃음이 나오는 걸 참으며 말했다.

"사조장 때문에 대원들은 발바닥에 땀이 나도록 뛰어야 할 거야."

"예?"

"뭘 그렇게 놀라?"

"뛰어야 한다는 게 무슨 말씀이신지 얼른 이해가 안 되어서 말입니다."

"흠."

철혼이 지장명을 빤히 바라봤다.

지장명은 왜 그러는지 몰라 얼굴에 궁금증만 가득했다.

그런데 철혼이 갑자기 고개를 저었다.

"이거 큰일이군."

"……!"

"와룡부가 합류하지 못한 것 때문에 사조장의 부담이 컸던 모양이지?"

"그게 무슨……?"

"운남에서의 일을 벌써 잊은 건가?"

"운남이요?"

"내가 기억하기로 본 대가 운남성으로 작전을 나간 게 딱 한 번인데, 그래도 기억을 못하나?"

"아!"

그제야 지장명이 알아들었다.

운남성에서의 작전, 정확히는 성도인 곤명(昆明)에서 사천성으로 향하는 길목에서 펼쳐졌던 작전이다.

당시 흑영대는 맹주의 엄명을 받아 구륜교(九輪敎)의 소교주를 척살했다. 당시 맹주부에 막대한 자금을 지원하던 유가전장(柔家

錢莊)의 장주를 암살한 것에 대한 응분의 대가였다.

그때 작전지역을 빠져나올 때 쓴 방법이 벌 떼처럼 쫓아오는 구륜교도들의 머리만 치고 도주하는 것이었다.

결과의 성패를 떠나 하루 종일 원시림 속을 달려야 했기에 결코 잊을 수 없는 작전 중의 하나였다.

"가지. 열심히 뛰려면 이곳 지리를 파악해 둘 필요가 있으니까."

"차라리 전면전을 하고 말지……."

"그럼 그렇게 할까?"

지장명은 웃고 있는 철혼이 얄미웠다.

하지만 철혼이 말한 방법 외에는 지금으로서는 딱히 쓸 만한 계책이 없었다.

"아닙니다."

힘없이 말한 지장명이 먼저 움직였다.

*   *   *

저자의 뒷골목을 조용히 움직이는 이가 있었다.

총귀였다.

골목을 수차례 꺾은 후 저자로 나온 총귀는 잠시 후 포목점 안으로 들어갔다.

"양 대인, 어서 오십시오."

"안에 주인 계신가?"

"예. 들어가 보십시오."

"수고하시게."

포목점 점원을 뒤로한 총귀는 제집처럼 안으로 들어갔다.

"양 가 아니냐! 네놈이 이 시간에 무슨 일이냐!"

"닥치고, 차나 한 잔 다오."

나이가 비슷해 보이는 노인이 귀찮다는 태도로 맞았으나 총귀는 아랑곳 않고 내실로 곧장 들어갔다.

총귀를 따라 들어와 문을 닫은 포목점 주인은 문 앞에서 잠깐 바깥의 동정을 살폈다.

이윽고 아무런 인기척이 없자 총귀를 향해 넙죽 허리를 조아렸다.

"안에 계십니다."

그러고는 안쪽으로 걸어가 침상의 한쪽 끝을 번쩍 들어 올렸다.

그 아래 지옥으로 향하는 입구인 양 시커먼 입구가 나타났다.

총귀는 고개를 끄덕이며 그 안으로 사라졌다.

침상을 원래대로 되돌린 포목점 주인은 한쪽에 마련되어 있는 의자에 앉아 출입문을 굳건히 지켰다.

총귀가 지하로 들어가자 어두운 암로가 그를 기다렸다.

그리고 암로 끝에 도착하자 석실이 있었는데, 그곳에 부관이자 제자인 사시안 청년이 있었다.

"오십니까?"

총귀는 사시안 청년의 인사를 받는 둥 마는 둥 하며 의자에 털썩 앉았다.

암흑마라기(暗黑魔羅氣)는 불사의 능력을 주지만, 그 후유증이 상당히 컸다.

죽음의 문턱을 되돌아올 때마다 이가 딱딱 부딪칠 정도로 엄청난 고통을 받아야 하고, 암흑마라기가 몸을 재구성하는 동안 무공을 모르는 사람처럼 무기력해진다.

고통이야 어떻게든 견디고 있지만, 일정 시간 동안 삼 할의 공력밖에 활용할 수 없다는 건 상당히 치명적이라 조심 또 조심해야만 한다.

그러한 사실을 아는 사시안 청년은 총귀를 두고 조용히 밖으로 사라지더니 일각 후에 돌아왔다.

"미행은 없는 것 같습니다."

"흑수라와 흑영대는 특히 조심할 필요가 있으니 몇 놈 보내서 철저히 지켜보라고 해."

"알겠습니다."

"그건 그렇고 준비는 해두었겠지?"

"예상치 못한 일이라 아직 모자랍니다. 죄송합니다."

"내일 싸움이 벌어질 거다. 그때까지 이렇게 맥없이 있을 수는 없으니 서두르도록 해라."

"알겠습니다."

총귀는 사시안 청년이 허리를 조아린 후 밖으로 나가자 붉은 피가 가득 차 있는 욕조 안으로 몸을 담갔다.

이제 막 채워놓은 듯 뜨거운 기운이 올라왔다.

그 기운에 반응하여 몸 안의 암흑마라기가 들끓기 시작했다.

반나절이면 공력을 완전히 회복할 수 있을 것이다.

여기에 아이의 생기를 흡수할 수 있다면 반 시진까지 단축할수가 있다.

"좋군."

정말 기분 좋은 듯 미소까지 짓던 총귀가 욕조에 가득한 핏물속으로 머리까지 완전히 담갔다.

밖으로 나온 사시안 청년은 은밀하게 행동했다.

스승인 총귀에게 필요한 건 만 사 세가량의 여아였다.

세상의 탁기를 받아들이기 시작할 때라 몸 안의 선천지기와어우러져 암흑마라기에 가장 적합한 생기가 요동치고 있을 때다.

"저기군."

뇌주에 존재하는 만 사 세가량 여아의 위치는 자신의 손바닥을 들여다보듯 훤히 꿰차고 있었다.

지금처럼 만일의 경우를 대비하여 수시로 확인하였다.

지금은 사부인 총귀를 위해서이지만, 유사시에는 자신에게필요할 수도 있었다.

자신 역시 암흑마라기를 익히고 있었으니까.

사시안 청년은 주변을 살피며 돌담을 따라 걸었다.

다행히 어두워지기 시작한 때라 오가는 사람들이 없었다. 뒤쪽에서 돌담을 넘어가면 간단히 아이를 수중에 넣을 수 있을 터였다.

그런데 담을 넘기 직전이었다.

"⋯⋯!"

불현듯 뭔가 뒤통수를 찌르는 듯한 불길한 느낌이 들었다.

무인의 본능이 조심하라고 경고했다.

피해야 한다.

담 너머로 몸을 날리는 순간 당한다.

그렇다면 반대편으로 이 보를 이동한 후 다시 원래의 자리로 돌아온다. 그사이에 이 불길함의 정체를 파악한다.

'흥! 뒤는 잡았을지 모르나 위치가 드러난 순간 네놈은 죽는다.'

사시안 청년은 담 너머로 신형을 날리는 척 몸을 일으킴과 동시에 그 반대편으로 이 보를 이동했다. 그리고는 곧바로 원래의 자리로 단숨에 돌아왔다.

가히 찰나의 순간이라 할 만큼 빨랐다.

"⋯⋯!"

사시안 청년의 얼굴이 굳었다.

그의 두 눈에 성큼성큼 다가오고 있는 작달막한 체구의 청년이 보였다.

흑의에 장포까지 새까맣다.

머리에 쓴 철립 역시 흑빛이다.

"흑영대⋯⋯."

사시안 청년의 입에서 당황성이 새어 나왔다.

"맞아."

걸음을 멈춘 삼조장 능인이 짧게 대답하며 사시안 청년의 왼쪽 가슴을 확인했다.

작은 구멍이 뻥 뚫려 있었다.

귀궁노의 강전이 꿰뚫어버린 것이다.

능인은 고개를 끄덕이며 수중의 기형도를 뽑았다.

그때였다.

갑자기 사시안 청년이 두 손을 번갈아 빠르게 뻗었다.

채챙!

능인이 기형도를 휘두르자 작은 유엽표 두 개가 튕겼다.

그사이 사시안 청년이 저만큼 신형을 날렸다.

"안 죽어?"

"본좌는 불사다."

사시안 청년이 살기를 일으키며 말했다.

능인은 피식 웃으며 다가가려다 걸음을 멈추었다.

미세한 바람 소리와 함께 십여 명이 나타났다.

진한 혈의에 핏빛의 복면을 한 자들이었다. 입이 있는 자리에는 시커멓고 작은 구멍이 보였는데, 자세히 살펴보면 입에 대롱을 물고 있다는 걸 알 수 있었다.

"암행귀(暗行鬼)들이로군!"

"잘 아는군."

"이들로 날 막을 수 있을까?"

"이들은 암행귀 중에서도… 막아라!"

사시안 청년이 다급히 소리쳤다.

능인이 그의 호흡을 끊고 튀어나갔기 때문이다.

핏핏핏핏!

암행귀들이 대롱을 불자 작고 가느다란 비침들이 능인을 향해 쏟아졌다.

파— 하앗!

그러나 능인의 신형이 갑자기 배는 더 빠르게 쏘아지자 모두 허탕을 쳤고, 그사이 능인은 암행귀들의 사이를 돌파했다.

펏펏!

암행귀 두 명의 머리통이 허공으로 떠올랐다.

피분수가 솟구치기도 전에 사시안 청년이 헛바람을 들이켜며 쌍장을 거푸 뻗었다.

제법 기세가 흉흉한 장력이었으나 심장에 구멍이 난 상황이라 제 위력을 발휘할 수가 없었다.

촤아아아악!

비단 폭 갈라지는 소리와 함께 사시안 청년의 장력이 갈라졌고, 연이어 한 줄기 혈선이 공간을 쪼갰다.

"······!"

서컥!

소름끼치는 소리가 터지며 사시안 청년의 머리통이 둥실 떠올랐다.

"이래도 살아나지는 않겠지?"

사시안 청년의 머리통을 밟아버린 능인은 달려드는 암행귀들을 향해 능영보와 섬혼도를 연달아 펼쳤다.

속도가 워낙 차이가 났기에 암행귀들은 속수무책으로 당할 수밖에 없었다.

순식간에 암행귀들마저 모조리 해치운 능인은 사시안 청년의 품을 뒤졌다.

그러나 벽력뇌화구로 여겨지는 물건은 보이지가 않았다.

능인은 이맛살을 찌푸리며 일어났다.

"거길 들어가야 하나?"

＊　　　＊　　　＊

먹구름 아래 어둠이 깊이 물든 시각.

흑영대는 뇌주로 들어서는 길목에서 야영하고 있었다.

저녁은 객잔에서 해결했고, 뇌주 저자에서 어포와 육포 그리고 십수 개의 술단지까지 구입해 와 야참까지 든든하게 먹었다.

모두들 술기운에 몸을 의탁하고, 고단한 몸을 맘껏 이완시켰다. 하나 무인의 의식은 경계의 날을 세워두어 만일의 경우에 대비했다.

철혼은 편히 쉬고 있는 대원들을 한 바퀴 둘러보고 제자리로 돌아왔다.

"여령이 사홍이랑 기루에 갔다면서요?"

철혼이 자리에 앉기도 전에 탁일도가 잔뜩 궁금한 얼굴로 물었다.

철혼은 어떻게 알았냐는 표정을 지었다.

"여령이가 그럽디다. 재밌게 논 것까진 기억이 나는데, 마지막에 자신이 뭔가 실수한 건 아닌지 가물가물하다고."

"잘못한 거 없어."

"그럴 거라 생각했습니다. 근데 뭘 하고 놀았는데 재밌었답니까? 여령이 입에서 재밌었다는 말이 나올 정도면 아주 신 나게 놀았다는 건데……"

말꼬리를 흐리며 철혼을 향해 씩 웃는다.

어차피 다 드러나게 되어 있으니 이 자리에서 털어놓으라는 압박이었다.

그러나 철혼은 털어놓을 생각이 없었다.

하여령이 자신한테 입맞춤을 했다는 걸 어찌 말할까. 섭위문이 어떻게 받아들일지 염려가 된다.

"궁금하면 여령이한테 물어보고, 그쪽은 어땠어? 술과 여색을 허락했는데, 맘껏 즐겼나?"

"뭐, 그럭저럭이요."

탁일도가 어정쩡한 표정을 지으며 뺨의 구레나룻을 벅벅 긁었다.

정말 같이 다니다 보면 닮는 것인가?

아랫배를 벅벅 긁어대는 하여령의 버릇은 탁일도의 저 모습 때문인가 싶다.

"만족하지 못한 얼굴인데?"

당연하다. 술은 마셨을지 모르나 여색은 즐기지 않았을 테니까.

철혼은 알면서도 시치미 딱 떼고 물었다.

기루에서 여령과 사홍이 놀았던 것에 대해 꼬치꼬치 캐묻는 것을 막기 위해서다.

"아무리 많이 마시고, 밤이 새도록 해도 만족하지 못하는 게 술과 밤일 아니겠습니까."

"그런가?"

"아! 대주님은 아직 숫총각이라 잘 모르겠군요."

고개를 저어가며 노골적으로 놀리고 있다.

여기서 고개를 돌리면 안 된다.

걸려들었다며 더 놀려댈 것이다.

"그게 부끄러운 것인가?"

"당연한 말씀을! 사내로 태어나 그 나이에 숫총각이면 부끄러워해야지요. 자신의 하물한테 미안해야 하는 법입니다."

"글쎄."

"글쎄가 아니라 미안해해야 한다니까요. 어서 미안하다고 사과하십시오."

사타구니를 턱짓하며 말하는 모습이 아주 득의만만하다. 하지만 이쪽에서 공격할 거리가 아주 없는 건 아니다.

"그럼 이조장부터 사과하지 그래?"

"제가 왜요?"

"안 한 지 꽤 됐잖아."

"이번에 했는데요?"

"정말?"

"했다니까요."

"어디서?"

"기루에서요."

"무슨 기루? 어디에 붙어 있는 기루? 대원들한테 물어볼까? 거짓말이면 대원들 모두가 보는 앞에서 이조장 하물한테 미안하다고 사과하기다?"

"큰일 날 말씀을! 감히 대주님께 거짓말을 하겠습니까?"

"거짓말한 게 아니라면 내가 그렇게 하지. 됐지? 좋아. 그럼 기루 이름을 말해봐. 이조원들한테도 물어보고, 기루 이름이 다르거나 모르면 이조장이 진 거다. 어때?"

"아, 아니. 그냥 그런 거라 넘어가시지……."

말꼬리를 흐린다.

득의만만하던 좀 전과는 달리 괜스레 구레나룻을 긁어댄다.

마음이 너무 여유롭거나 당황스러울 때 나타나는 버릇이다.

"거짓말이지? 졌지? 감히 대주인 나한테 거짓말을 하다니, 큰일 저질렀네?"

"어이쿠, 왜 그러십니까? 장난인 줄 알면서……."

"좋아. 둘 중 선택해."

"뭘 말입니까?"

"대원들 모두가 보는 앞에서 할 건지, 아니면 지금 이 자리에서 할 건지."

"대주님……."

"아무래도 조장 체통도 있고 하니, 이 자리에서 하는 게 나을 거야."

철혼이 표정의 변화 없이 말하자 탁일도는 도움을 바라는 얼굴로 섭위문을 돌아봤다.

"멍청이."

"뭐?"

"멍청이라고."

"도와주지는 못할망정……."

"약속이나 했나?"

"뭔 소리야?"

"대주님과 약속했냐고?"

"어? 안 했지. 암 안 했고말고. 대주님 혼자 떠벌린 거지 내가 그렇게 하겠다고 약속한 건 아니지."

탁일도가 자신의 무릎을 탁 치며 철혼을 향해 씩 웃었다.

그러나 철혼의 한마디에 곧바로 울상을 지었다.

"거짓말한 건?"

"그건……."

"일조장."

철혼이 섭위문을 불렀다.

탁일도는 불안한 얼굴로 두 사람을 번갈아 봤다.

"예."

"감히 대주한테 거짓을 고하면 무슨 벌을 받나?"

"허위보고를 한 자는 감봉 일 년, 그 경중에 따라 심하면 본대에서 추방입니다."

"그렇군."

"장난이라 하나 이조장은 지휘체계에 혼란을 줄 수도 있는 과오를 범한 바, 엄중히 문책하여 일벌백계하심이 옳을 줄로 압니다."

섭위문이 얼굴 표정 한 번 안 바꾸고 그같이 말했다.

"맞는 말이긴 한데, 그래도 탁 조장이 그간 한 일이 있는데, 이 정도의 장난으로 그럴 수는 없고, 말 나온 김에 사과 한 번 하는 걸로 끝내지."

"안 하면 어찌 됩니까?"

탁일도가 은근한 얼굴로 물었다.

"내가 요 근래 수련하고 있는 게 있는데, 고수한테 얼마나 통할지 감이 없어서 그러는데……."

"또 천뢰신공입니까?"

"그래. 일순간 신공을 웅축했다가 날리면 화탄처럼 터지면서 천뢰의 기운이 사방으로 폭사하거든. 근데 이게 십 장 밖에서 어느 정도 강한지……."

"아이고, 내 새끼야. 하필이면 계집 속살 냄새도 못 맡아본 대주 만나서 니가 고생이 많다. 내가 이렇게 사과할 테니, 우람한 덩치만큼이나 마음 넓은 니가 용서해라."

탁일도가 급히 자신의 하물을 쥐고 소나기처럼 내뱉었다.

천뢰의 기운을 맞는 게 어지간히도 싫었던 모양이다.

그에 공감한다는 듯 섭위문이 고개를 끄덕였다. 그러다 문득 궁금한 얼굴로 물었다.

"비공(飛功)입니까?"

"글쎄, 분류로는 잘 모르겠군. 그리고 이론만 정립해 둔 상태야."

보여줄 것도 없다는 듯 말하는 철혼.

섭위문은 알겠다는 듯 고개를 끄덕였다.

하나 내심으로는 관심과 기대가 무척 컸다.

무공이라는 게 원래 이론에서 시작해서 무수한 시행착오를 겪은 끝에 절학이 되고, 신공이 되는 것이지 않겠는가.

그리고 이론뿐이라 하나 초월경에 진입한 철혼이다. 어찌 기대하지 않을까.

그러나 철혼이 별거 아니라고 말하니 애써 관심과 기대를 감추었다.

"그나저나 기루에서 어떻게 놀았는지 말씀 안 해줄 겁니까?"

탁일도가 갑자기 끼어들었다.

섭위문 역시 궁금하다는 표정을 짓는다.

"여령이한테 물어보라니까."

철혼은 뜨끔한 표정을 애써 감추었다.

8장

아직 싸움이 끝난 건 아니다

해가 떠올랐다.

어제의 그 해다.

그러나 출정 준비를 하는 흑영대는 간밤의 그 흑영대가 아니다.

술기운은 말끔히 사라졌고, 그 빈자리를 날카로운 투기가 채웠다.

"준비 끝났습니다."

섭위문의 보고에 철혼은 육십여 명의 대원을 바라봤다.

원래 흑영대 숫자는 팔십여 명이지만, 사조와 몇몇 경신 속도가 떨어지는 이들은 제외되었다. 그들 열아홉 명은 지금 뇌주 시내 모처에서 대기 중이었다.

"작전 설명은 다 들었나?"

철혼이 큰 소리로 묻자 모두들 제 가슴팍을 두들겨 대답했다.

"질문?"

무심한 얼굴로 바라만 볼뿐, 누구도 입을 열지 않는다.

그래서 철혼이 물었다.

"유검평!"

"예."

"이번 작전에서 가장 중요한 것은?"

"속도입니다."

"왜지?"

"너무 빠르면 적들이 쫓아오지 못할 것이고, 너무 느리면 혼전이 벌어질 겁니다."

"맞다."

철혼의 말에 유검평의 입가에 희미한 미소가 떠올랐다.

그러나 곧 이어진 철혼의 말에 빠르게 사라졌다.

"그리고 틀렸다."

철혼은 이해하지 못하는 유검평에게서 시선을 돌려 대원들 모두를 둘러보았다.

대부분이 자신이 신입대원이던 시절부터 전장을 함께 겪어온 사람들이다.

언제라도 등을 내줄 수 있고, 지옥이라도 웃으며 함께 갈 수 있다.

그야말로 강한 신뢰로 똘똘 뭉친 사람들.

"이번 작전의 중점은 검평의 말대로 속도가 맞다. 하지만 더 중요한 건 생존이다. 실패한 작전은 다음 작전에서 만회할 수

있지만, 희생자에게는 다음이 없다. 그러니… 죽지 마라. 누구도! 알았나?'

쿵쿵쿵쿵쿵쿵!

흑영대원들이 일사불란한 모습으로 일제히 제 가슴팍을 두들김과 동시에 오른발을 들어 강하게 땅을 밟았다.

대지의 울림을 따라 흑영대의 투기가 천지사방으로 힘차게 뻗어나갔다.

그 결연한 모습에 철혼은 고개를 끄덕였다.

"좋다! 출발!"

철혼은 크게 외친 후 돌아섰다.

그리고 성큼 걸음을 내디뎠다.

'천하영웅맹의 흑영대와 천하의 흑영대가 어떻게 다른지 제대로 보여주마!'

＊　　　　＊　　　　＊

사도천에는 삼존칠사(三尊七邪)가 있고, 오흉육도구검(五凶六刀九劍)과 칠십이귀(七十二鬼)가 있다.

삼존은 천하영웅맹의 십주 중 이제(二帝)와 견주고, 칠사(七邪)는 나머지 칠주들과 어깨를 나란히 한다.

오흉육도구검(五凶六刀九劍)은 천하영웅맹의 원로, 각부처의 수뇌들과 곧잘 비교된다.

칠십이귀는 그 아래다.

그러나 이들만이 사도천의 전부가 아니다.

삼십육살(三十六殺)이 있다.

이들은 오흉육도구검과 칠십이귀에 속하지 않은 자 중 근래에 특히 두각을 드러낸 자다.

무공이라는 게 멈추면 지체되고, 막히면 발전이 더디는 법, 그사이에 일취월장한 이들이 단박에 앞서 가게 마련이다.

삼십육살은 대개 그런 자들이다.

칠십이귀를 뛰어넘어 오흉육도구검에 근접하거나 대등한 자들이다. 몇몇은 더 강하다는 말도 있다.

혈도부가 바로 그런 자들 중 하나다.

혈영대 대주이면서 삼십육살 중 수위를 차지하고 있다.

그래서 오흉에 속하는 혈목괴(血木怪)와 천수탈혼(千手奪魂)이 함부로 그를 대하지 못했다.

칠사에 속하는 홍염사화와 흑면사독 만이 간간히 한마디 할 뿐, 사도천을 나서서 뇌주를 코앞에 두고 있는 지금까지 혈도부가 진두지휘하고 있었다.

"멈추지 마라! 이대로 뇌주까지 단숨에 달려간다!"

곰같이 장대한 체구의 중년인이 쩌렁 울리는 일갈을 터뜨렸다.

혈의에 혈건.

큼지막하고 각진 얼굴에 사자코와 독사눈을 가진 흉흉한 인상.

바로 혈도부 부엽궁이다.

부엽궁이라는 이름보다 혈도부라 불리는 걸 더 좋아하는 것만 봐도 그가 얼마나 피를 즐기는지 충분히 알 수 있었다.

"이러다 싸우기도 전에 지치겠구만!"

얼굴색은 붉으나 나뭇가지처럼 깡마른 노인이 탐탁지 않다는 표정으로 우려를 표시했다.

혈목괴다.

이때 바로 옆에서 느긋한 목소리가 들려왔다.

"결과는 혈도부가 질 테고, 우린 흑수라만 잡으면 그만인데 무슨 상관인가?"

나란히 말을 달리던 청수한 중노인이 냉철한 듯 무심한 얼굴로 내뱉었다.

천 개의 손이 움직이면 누군가의 혼은 반드시 사라진다는 천수탈혼이다.

"말을 해도 어찌 그리 정나미 뚝 떨어지게 하는가. 본 천의 아이들이 죽어 나자빠질 지도 모르는데, 기분이 좋은가?"

"흘! 자네가 언제부터 아이들을 걱정했다고……."

"걱정하는 게 아니라 기분 잡친단 말이네."

"그게 그거지."

"어떻게 그게 그거가 되는가?"

"아니면 말지 어찌 그리 역정을 내는 건가?"

"역정은 무슨. 됐고, 어쨌든 부천주님 휘하의 아이들 아닌가, 아낄 수 있을 때 아껴두어야 하지 않겠느냔 말이네."

"그리 말하니 그도 그렇군그래."

"그럼, 자네가 말해보겠는가?"

"아니."

"왜?"

"일백도 안 되는 흑영대에 당할 놈들이라면 살아 있어도 써 먹을 데가 없네."

"흑영대를 얕잡아 보면 안 되네."

"그럼, 최고라고 떠받들어 줄까?"

"그런 말이 아니잖나!"

혈목괴가 답답한 듯 언성을 높였다.

하나 천수탈혼은 가벼이 웃을 뿐이다.

"혈도부가 선두에 있으니, 기습이든 뭐든 크게 당할 일은 없을 것이고, 이대로 뇌주까지 달려간다 한들 전마들이나 혀를 길게 내물겠지."

듣고 보니 그럴듯하다.

지옥 같은 수련을 거쳐 온 혈영대와 혈궁대가 말 좀 탔다고 지쳐봐야 얼마나 지치겠는가.

또한 천수탈혼의 말대로 선두에 혈영대주 혈도부와 부대주 혈겸(血鎌)이 두 눈을 번뜩이고 있으니 웬만한 습격이나 함정은 단숨에 돌파해 버릴 것이다.

"그래, 나만 조바심이구만!"

머쓱한 것을 그렇게 털어낸 혈목괴가 괜히 달리는 말에 채찍질을 가할 때였다.

선두에서 질주하던 혈도부가 두 눈을 부릅떴다.

전방에 공간을 가르는 극도로 미세한 선을 발견했다.

그것도 하나가 아니라 다섯 개였다.

이대로 계속 달렸다간 전마와 함께 몸이 다섯 등분 되고 말리라.

'무영사!'

무영사가 나타났다는 건 흑영대가 있다는 뜻.

"혈겸!"

혈도부가 부르자 부대주 혈겸이 두 자루의 붉은 낫을 뽑아 들며 화답했다.

"봤습니다!"

혈겸이 붉은 낫 두 자루를 던졌다.

촤르르르르!

매서운 파공음을 터뜨린 혈겸들이 길을 막고 있는 무영사를 단박에 끊어버렸다.

바로 그때였다.

덜컥!

무영사가 끊기자마자 갑자기 땅이 움푹 꺼져 버렸다.

혈도부와 혈겸이 막 지나간 자리였다.

폭이 두 자에 깊이가 한 자에 불과했지만, 전속력으로 질주하는 전마를 고꾸라트리기에는 충분했다.

다리가 빠진 육중한 전마들이 와르르 고꾸라졌다.

키히히히힝!

"크악!"

"조심… 악!"

순식간에 수십여 필이 뒤엉켜 나동그라졌다.

"멈춰라!"

혈겸의 고함이 천둥처럼 울렸다.

평소 말 타는 솜씨가 뛰어난 대원들이라 더 이상의 피해는 벌어지지 않았다.

함정에 당했을 때는 이 차 피해를 조심해야 한다. 함정에 이은 습격에 더 많은 사상자를 내게 마련이다.

혈도부는 독사의 눈으로 사방을 살폈다. 그러나 그 어떤 낌새도 보이지 않았다.

그러는 사이 혈영대 이십여 명이 말에서 내려 사방으로 흩어졌다.

정찰을 나간 것이다.

"흥! 선전포고라는 것이냐!"

혈도부가 살기를 짓씹었다.

이때 혈겸이 다가와 보고했다.

"다섯이 죽고 스물일곱이 움직이지 못합니다."

문제는 이게 다가 아니라는 거다.

스물일곱을 보살피기 위해 그만큼 혹은 그 이상의 숫자가 필요한 법이다.

"다섯을 남겨라."

다섯 명으로 보살피라는 게 아니다.

모두가 떠난 후에 부상을 당한 스물일곱 역시 없애 버리라는 뜻이다. 부상을 당해 다른 이의 도움이 필요한 자는 짐일 뿐, 수하가 될 수 없다는 게 평소 혈도부의 신조였다.

"존명!"

혈겸이 수하 중 다섯을 뽑았고, 전마들과 부상병들이 거리에서 치워졌다.

그 모든 광경을 대열의 중간쯤에서 담담히 바라보는 두 사람이 있었다.

얼굴을 하얗게 분칠을 하여 나이를 짐작할 수 없는 여인과 얼굴의 반을 검은 가면으로 감추고 있는 노인이었다.

새하얀 무복에 화려한 장신구를 주렁주렁 달고 있는 여인에게서는 가까이 다가가기 꺼려지는 뭔가 사이한 기운이 뭉클뭉클 흘러나오고 있었고, 두 눈에서 녹광이 번뜩이고 있는 검은 가면의 노인에게서는 죽음의 기운이 가득 풍기고 있었다.

사도천의 정예들과도 뭔가 동떨어져 보이는 존재들.

홍염사화(紅艷邪花)와 흑면사독(黑面邪毒)!

두 사람의 정체였다.

이들은 도검기창을 사용하는 일반 무인들과는 다른 무공을 익혔다.

천 개의 손을 가졌다는 천수탈혼조차 고개를 숙일 수밖에 없는 기이한 암기의 고수가 바로 홍염사화였고, 도검기창으로는 결코 막을 수 없는 독공의 고수가 흑면사독이었다.

부딪치는 것조차 조심해야 하니 상대하기가 극히 까다로워 천하영웅맹의 원로고수들도 상대하기를 꺼려 한다는 말이 있을 정도였다.

"주위에 아무도 없다는군."

흑면사독이 소맷자락을 정리하며 중얼거렸다.

좀 전에 사방으로 풀어놓았던 독물들이 돌아와 소맷자락 속으로 사라졌다.

"있으면 바보지."

"어디일까?"

"뇌주."

"시내 한복판이란 말인가?"

"멍청한 아이들이 아니라고 들었으니, 아마도 그럴 게야. 내가 틀린 거라면 그전에 만날 수도 있지만, 그렇지는 않을 게야."

"재밌군."

"얼마나 데려왔어?"

"전부 다."

"호오?"

"산 채로 잡아달라는 시귀(屍鬼)의 부탁도 있고, 재밌는 사냥감 같아서."

"흑수라를 고루강시로 만들 생각인가?"

"부천주님의 생각이다."

"죽이는 거라면 몰라도 가능할까?"

"보고만 있어. 놈을 요리하는 건 내가 할 테니."

"그러든가. 하지만 잊지 마. 상황이 아니다 싶으면 바로 끼어들 거야."

"그럴 일은 없을 거다."

"그러길 빌어주지."

이후 대화가 끊겼다.

이때 사방으로 흩어져 정찰을 나갔던 혈영대원들이 돌아왔고, 곧바로 혈도부의 출발 명령이 떨어졌다.

"출발!"

두두두두두!

혈도부와 혈겸을 선두로 한 분노의 말발굽 소리가 온산을 떨쳐 울려댔다.

*　　　　*　　　　*

"몇이지?"

"삼십 정도 되는 것 같았습니다."

"예상보다 적군."

"혈영대니까요. 귀궁노를 사용한다면 절반 정도는 줄일 수 있을 겁니다."

"안 돼. 귀궁노는 마지막 일격을 가할 때까지 감춰야 해."

"총귀 말대로 정말 모르고 있을까요?"

"알아도 상관없어."

"예?"

"혈영대 수준으로는 귀궁노를 피하지 못해."

"하긴."

"알고 모르고가 중요한 게 아니야. 어떤 순간에 어떻게 사용하느냐가 중요해."

"그렇군요."

"도착하기 전에 그만 물러가자."

"예."

혈영대가 몰려오고 있는 수십 장 전방에서 섭위문을 필두로 한 흑영대 일조가 조용히 사라졌다.

*　　　　*　　　　*

"이 차가 있을 겁니다."

"그렇겠지."

혈겸의 우려에 혈도부가 짤막하게 대꾸했다.

개의치 않는다는 모습이었다.

'지나치게 담대한 분.'

혈도부에 대한 혈겸의 평가다.

지나치다는 건 좋지 않다는 뜻이다.

그럼에도 따르지 않을 수가 없다.

사도천 내에 혈도부보다 강한 고수는 많다. 하지만 혈도부가 인정하고 스스로 머리를 숙이는 사람은 한 손에 꼽는다.

스스로가 인정한 사람 외에는 그 누구에게도 당당하니 정말 멋지지 않은가.

사내라면 그 정도의 배포는 있어야 한다.

혈도부는 사내다.

흉악한 명성만큼이나 담대한 배포를 가진 장부다.

그래서 목숨을 걸고 따른다.

'그날만 아니었어도 지금쯤 오흉의 한 자리를 차지하고 있을 텐데…….'

그날이라 함은 혈도부가 흑영대주를 거의 잡을 뻔했던 때를 말한다.

그날 생각지도 못했던 애새끼의 광분만 아니었어도 흑영대주를 잡을 수 있었다.

워낙 기습적으로 일어난 일이라 놈이 무슨 무공을 펼쳤는지 확인조차 하지 못했지만, 흑영대주를 미친 듯이 몰아붙이던 대주가 놈의 일격을 맞고 날아가고 말았다.

'애새끼, 대주만큼이나 미친 새끼였어.'

광분하여 날뛰던 애새끼의 모습이 지금도 눈에 선했다.

될 놈은 떡잎부터 알아본다고 했던가.

그 미친 새끼가 기어코 흑영대주가 되더니, 사도천의 살인명부 최상위에 이름을 떡하니 올려놓을 정도로 커버렸다.

기가 찰 노릇이지만, 놈의 무위가 하루가 다르게 강해져 버려 놈과 격돌하는 족족 낭패를 보았다.

하지만 이제는 아니다.

'흑수라! 이번엔 다를 거다! 대주께서 광마십팔부(狂魔十八斧)의 마지막 극의인 광마부(狂魔斧)를 완성했으니, 네놈 따위는 단숨에 두 쪽으로 쪼개지고 말 거다. 크흐흐! 둘로 쪼개진 네놈의 시체를 장대에 매달아 천하영웅맹으로 보내주마!'

혈겸이 음산한 미소를 지었다.

눈앞에 흑수라의 처참한 죽음이 펼쳐진 듯 흥에 겨운 미소였다.

하나 그의 미소는 결코 오래가지 못했다.

쿠르르르릉!

갑자기 온산이 진동했다.

흡사 산사태라도 나는 것 같았다.

"뭐냐?"

대경하여 주위를 둘러보는 혈겸의 두 눈이 화등잔만 하게 커졌다.

흡사 공포가 엄습하는 것 같았다.

평소 두려울 게 없다고 자신하는 혈겸이었지만, 지금 그가 보는 광경은 그의 간담을 서늘하게 만들기에 충분했다.

가히 집채만큼 거대한 바위가 산의 비탈진 능선을 따라 혈영대와 혈궁대 대열을 향해 빠른 속도로 굴러 떨어지고 있었다. 대열을 향해 비스듬한 각도로 굴러 오고 있었기에 이대로 들이닥친다면 수십 명의 사상자가 발생할 터였다.

소나무와 잡목들이 있었지만, 무게를 감당 못하고 갈대처럼 단숨에 꺾일 정도로 무시무시했다.

"계속 달려라!"

혈도부의 명령이었다.

혈겸이 화들짝 놀라 혈도부를 돌아보니 전마의 등을 박차고 날아올라 집채만 한 바위의 앞쪽을 향해 신형을 날리고 있었다.

'그래, 대주라면 막을 수 있어!'

혈겸이 굳은 신뢰를 보일 때였다.

비탈진 능선에 두 다리를 굳건히 한 혈도부가 등 뒤로 손을 뻗어 지고 있던 시뻘건 철부를 뽑아 들었다.

크기가 웬만한 장정만큼 컸다.

"흑수라! 보고 있느냐!"

혈도부가 돌연 고함을 지르더니 수중의 철부를 위맹하게 휘둘렀다.

고함이 메아리가 되어 온산을 울렸고, 허공을 가른 철부가 똑바로 굴러 오고 있는 거대한 바위를 강타했다.

콰앙!

아찔한 굉음이 터지더니 놀랍게도 집채만 한 바위가 둘로 쪼개져 버렸다.

철부에 실린 역도가 얼마나 엄청났는지, 만근 이상의 엄청난 무게로 굴러 오던 바위가 일순간 힘을 잃고 쪼개지더니 양쪽으로 미끄러져 잡목에 걸려 움직임을 멈추었다.

"역시!"

혈겸이 탄성을 질렀다.

그때였다.

"어디서 한눈을 팔고 지랄이냐!"

우렁찬 일갈이 천둥처럼 울렸다.

혈겸이 화들짝 놀라 고개를 돌려보니 눈앞에 장대한 체구의 탁일도가 허공을 날아올라 두 자루의 철곤을 폭풍처럼 휘둘렀다.

혈겸이 반사적으로 낫을 휘둘러 보지만, 철곤에 실린 기세가 워낙 압도적이라 부딪치자마자 전마에서 떨어져 뒤로 날아가고 말았다.

그와 동시에 좌우 숲에서 어른 몸통만 한 크기의 통나무 수 개가 날아왔다.

혈영대원들이 발견했으나 막을 수가 없었다.

쏜 살처럼 날아온 통나무들이 노린 건 혈영대가 아닌 그들이 탄 전마의 다리였기 때문이다.

키히히히힝!

말들이 울음을 터뜨리며 고꾸라졌고, 혈영대원들이 육중한 전마에 깔리지 않기 위해 신형을 날렸다.

그러나 십여 필의 말이 고꾸라지며 또다시 피해가 속출했다.

"쫓아라!"

혈겸이 피투성이가 된 채로 신형을 솟구쳐 올랐고, 혈영대원들이 둘로 나뉘어 흑영대를 쫓았다.

그러나 탁일도는 혈겸의 전마를 타고 멀어지고 있었고, 좌우 숲에 숨어서 통나무를 날렸던 흑영대원들 역시 한쪽에 숨겨두었던 전마들을 타고 빠른 속도로 멀어졌다.

"돌아와라!"

혈도부의 명령이 쩌렁 울렸다.

흑영대를 쫓던 혈영대가 말머리를 돌렸다.

"대주님! 지금 놓치면……."

잔뜩 흥분한 혈겸의 말을 혈도부가 손을 들어 막았다.

"굳이 쫓을 필요 없다."

"왜 입니까?"

"이 길 끝에 놈이 있으니까."

"예?"

혈겸은 의문이 가득했으나 혈도부가 입을 다문 이상 물을 수가 없었다.

그러는 사이 혈영대원 중 하나가 주인을 잃은 전마를 끌고 왔고, 혈도부가 그 전마 위에 올라탔다.

"가자."

혈도부는 천천히 말을 몰았다.

이제껏 숨 돌릴 틈 없이 무작정 달려오던 모습이 아니었다.

'대체 어떻게 아는 거지?'

대주가 있다고 했으니 분명 있을 것이다.

궁금한 건 그걸 어떻게 알았느냐는 거다.

혈겸은 고개를 갸웃하며 천천히 뒤를 따랐다.

"대흑저(大黑猪), 이 새끼 아주 난도질을 해주마!"

대흑저는 아주 커다란 흑멧돼지라는 뜻으로 좀 전에 혈겸을 날려 버린 탁일도를 가리켰다.

*   *   *

"먹힌 것 같지?"

"조장한테 한 방 먹은 데다 말까지 빼앗겼으니, 독이 잔뜩 올랐을 겁니다."

"추측만으로는 안 돼."

"잔뜩 흥분한 것처럼 보였습니다."

"확실해?"

"제 눈에는 그렇게 보였습니다."

"작전이 틀어지면 너 죽는다?"

"아니, 이건 실수도 뭣도 아니고 그냥 제 의견이잖습니까?"

강일비가 이마의 점을 일그러뜨려 가며 따져 물었다.

"작전이 틀어지면 대원 중 상당수가 죽어나갈 수도 있는데, 그따위로 따질 거냐?"

"그럼 묻지 마십시오."

"난 도망치느라 제대로 확인하지 못했잖아."

"그럼 조장님 실수네."

"봤다며?"

"보긴 봤는데……."

"확실해?"

"아, 씨……."

강일비는 욕설을 내뱉지 못했다.

자신을 바라보는 탁일도의 표정이 너무 진지했기 때문이다. 하긴 전장에서만큼은 그 누구보다 심각하고 진지한 조장이 아니던가.

"확실해요. 그 새끼 흥분한 건 확실해요. 그렇다고 우리 작전대로……."

"그럼 됐어."

"아니, 흥분했다고 우리가 원하는 대로 움직일 거라는 보장은 없잖습니까."

"있어. 있으니까. 얼른 가자."

"조장!"

"얼른 가자니까."

강일비는 먼저 가버리는 탁일도를 염려스런 얼굴로 바라보았다.

*　　　*　　　*

혈겸이 혈도부를 따라 잡목 숲을 빠져나가자 과연 흑영대 무리가 보였다.

꽤 널찍한 벌판 끝에 진을 치고 이쪽을 기다리고 있었다.

"개새끼들!"

혈겸이 흥분하여 이를 갈아붙였다.

"우리한테 주어진 마지막 기회일 수도 있다. 오늘은 저놈들 씨를 말려놓아야 한다."

"반드시 그렇게 될 것입니다."

흑영대가 천하영웅맹을 나와 버린 이상 더 이상 사도천의 주적일 수가 없다. 이전에도 이후에도 사도천의 주적은 언제나 천하영웅맹이기 때문이다.

어쭙잖은 흑영대 정도의 전력은 발길에 채는 돌부리에 불과하다. 발길에 차인다고 매번 힘을 쏟을 수는 없다. 기회가 있을 때 단번에 뽑아버려야 한다.

그게 혈도부의 생각이었다.

'오늘부로 더 이상 흑수라 따위는 존재하지 않는다.'

혈도부는 말을 몰아 천천히 이동했다.

잠시 후, 혈도부가 삼십여 장을 앞두고 말을 멈추자 그 뒤로 혈영대가 좌우로 넓게 벌려 돌격대형을 구축했고, 그 뒤로 혈궁대가 포진했다.

홍염사화와 흑면사독 그리고 혈목괴와 천수탈혼은 혈도부의 양옆에 위치했다.

그렇게 모든 준비가 갖추어지자 혈도부는 말을 몰아 천천히 앞으로 이동했다.

흑수라가 흑영대 앞쪽에 홀로 나와 있었기에 누구도 혈도부의 뒤를 따르지 않았다.

이윽고 혈도부는 십여 장의 간격을 두고 흑수라와 마주했다.

흑의에 묵빛 장포를 두르고 있는 흑수라의 모습은 과거의 소악귀가 아니었다.

소문 이상으로 담대하고 거대한 존재감을 뿜어대고 있었다.

혈도부는 눈살을 찌푸리며 다시 한 번 살펴보았다.

얼굴 한쪽에 자신이 만들어준 상처가 보였다. 흡사 혈루를 흘리고 있는 것 같은 모습이라 놈의 흉맹함을 더욱 두드러지게 만들어주었다.

'이 싸움, 쉽지 않겠군!'

혈도부는 말에서 내렸다.

그리고 말의 엉덩이를 가볍게 두드려 뒤쪽으로 돌려보낸 다음 흑수라를 향해 섰다.

"좋은 장소를 골랐군."

"마음에 든 모양이지?"

"충분히."

"좁다고 불평할 줄 알았는데, 의외로군."

흑수라, 철혼이 눈매를 가늘게 떴다.

어쩐지 조소같이 느껴진다.

혈도부는 미간을 잔뜩 찌푸리며 주위를 둘러보았다.

양측이 대치하자 벌판이 꽉 차버렸다. 하나 이 정도라면 한바탕 어우러지기에 충분하지 않은가.

다시 살펴보아도 충분한 공간이다.

작전을 펼치고 진을 운용하기엔 턱없이 비좁았지만, 힘과 힘으로 정면 격돌하기엔 충분히 넓었다.

"좁은가?"

"혈도부를 대접하기엔 비좁다고 생각했지. 저 인간들도 대접해야 하니 너무 좁은 건 아닌지 염려가 되더군."

철혼의 시선이 혈도부의 어깨 너머로 향했다.

홍염사화와 흑면사독 그리고 혈목괴와 천수탈혼.

철혼의 시선이 네 사람을 담았다.

"날 넘을 수 있을 것 같으냐!"

혈도부가 소리쳤다.

그제야 철혼의 시선이 혈도부에게로 돌아왔다.

"좁다고 하였느냐! 좋다. 충분히 넓도록 만들어주마!"

혈도부가 오른손을 번쩍 들어 올렸다. 그리고 곧이어 철혼을 향해 빠르게 내렸다.

순간 혈영대 뒤쪽에서 뭔가가 벌떼처럼 솟구쳤다.

혈궁대가 발사한 이백여 발의 화살이었다.

화살촉에 스치기만 해도 즉사를 면키 어려운 극독이 발라져 있는 독화살이었다.

혈도부와 철혼의 머리 위를 곡선을 그리며 날아간 독화살들은 곧장 흑영대 머리 위로 내려꽂혔다.

흡사 장대비가 쏟아지는 것 같았다.

후두두두두두둑! 따다다다다다당!

키히히히힝! 키히힝!

흑영대 진영에 일대소란이 일어났다.

전마들이 날뛰더니 피거품을 물고 고꾸라졌다.

철혼은 등 뒤에서 무슨 일이 일어나고 있는지 잘 알고 있었다.

하나 미간을 살짝 찌푸릴 뿐 돌아보지도 않았다.

그 대신 왼손을 들어 몇 차례 원을 그리며 흔들어주었다.

그러자 흑영대원들이 전마들을 버리고 숲으로 물러갔다. 손에는 제법 큼지막한 방패를 들고 있었다.

머리에 쓰던 철립이었다.

철립 덕분에 독전에 맞은 이는 단 한 명도 존재하지 않았다.

"천하의 흑영대가 꼴이 말이 아니군. 한 번쯤 돌아봐 주는 게 수장의 도리다."

혈도부가 혀를 차며 말했다.

비웃음이 역력했다.

"아직 싸움이 끝난 건 아니다."

"시작을 보면 끝을 안다고 했다."

"본 대가 치렀던 무수한 임무 중에 처음부터 쉬웠던 적은 단 한 번도 없었어."

어려움을 극복하고 기어이 임무를 완수했다는 말이다.

오래전에 혈영대의 함정에 빠졌을 때도 마찬가지다.

혈도부는 당시 철혼에게 기습적인 일격을 당해 수장을 날아가 고꾸라졌던 기억이 떠올랐다.

"오늘만큼은 시작과 끝이 다르지 않을 것이다!"

혈도부가 등 뒤에서 도끼를 뽑아 높이 쳐들었다.

어른 몸통만큼이나 커다란 도끼가 허공에서 무시무시한 위용을 드러내자 뒤쪽에서 대기 중이던 혈영대가 기합을 터뜨리며 일제히 튀어나왔다.

두두두두두!

혈영대가 탄 전마들이 들판을 짓밟았다.

백오십 가량의 숫자가 살기등등하여 철혼과 혈도부를 중심으로 좌우로 갈라져 숲으로 물러간 흑영대를 향해 곧장 돌격하였다.

그 기세가 워낙 살기등등하여 그대로 숲을 초토화시켜 버릴 것 같았다.

그사이 혈궁대가 독화살을 한 차례 퍼부었다.

곡선을 그리며 빠르게 날아간 독화살이 잡목 숲으로 내려 꽂히자마자 혈영대가 숲 안으로 뛰어들었다.

그리고 곧 말울음 소리와 비명이 마구 쏟아지는가 싶더니 이내 병장기 부딪치는 소리가 천지가 광란하듯 쉴 새 없이 터져 나왔다.

"우리도 시작해 볼까?"

혈도부가 씩 웃으며 성큼 걸음을 내디뎠다.

자신감이 하늘을 찌를 듯했다.

찰칵! 찰칵!

두 자루의 철곤과 칼을 하나로 결합하는 소리다.

이 소리가 무엇을 의미하는지 혈도부는 알까?

패왕의 굉뢰도!

여섯 자에 이르는 대도로만 펼칠 수 있는 패왕굉뢰도로 상대해 주겠다는 뜻이다.

그것도 천뢰의 신공을 가득 머금은 패왕굉뢰도다.

두 신공의 조합이 어떤 파괴력을 자랑하는지, 혈도부는 아직 알지 못했다.

자신이 완성한 광마십팔부(狂魔十八斧)의 마지막 비기인 광마부(狂魔斧)를 단단히 믿고 있을 뿐이었다.

스윽!

혈도부가 다섯 걸음 다가오고 있을 때 철혼이 대도를 뒤로 늘어뜨렸다.

상체를 비틀고 고개를 들어 전방을 주시했다.

이때 혈도부가 철부를 머리 위로 치켜들었다.

섬뜩할 정도로 거대한 철부다. 황소조차 일격에 두 쪽으로 갈라 버릴 정도로 컸다.

그리고 자색의 기광.

자색의 살기가 도끼날에서 반 자나 넘실거렸다.

총귀가 한 번 보라고 한 이유를 알 것 같다.

저건 또 다른 모습의 출신발염(出身發炎)이다.

자신의 무공을 완성했다는 뜻.

"좋군!"

한 차례 호기를 내뱉은 철혼.

순간 그의 전신에서 불꽃처럼 이글거리는 강렬한 기파가 확 뿜어졌다.

절세지경에 이른 자만이 뿜을 수 있는 출신발염의 강력한 기파였다. 대기가 스스로 머리를 조아리는 것처럼 쉴 새 없이 파동을 일으켰다. 체외로 뿜어진 공력이 공기를 불태우는 공력의 발양(發陽) 따위가 아니다.

은연중에 흘러나오는 기도에 대기가 스스로 반응하고 있었다.

더 놀라운 사실은 이전에 보여주었던 건 아지랑이처럼 너울거리는 것이었다면, 지금은 맹렬하게 타오르는 불꽃같다는 것이다.

"저, 저건······?"

멀리서 지켜보던 혈목괴가 놀라움을 금치 못할 정도였다.

"총귀!"

천수탈혼이 이를 빠드득 갈았다.

총귀가 흑수라에 대한 정보를 완전히 알려준 게 아니었음을 깨달은 것이다.

혈목괴와 천수탈혼은 홍염사화와 흑면사독을 돌아봤다.

믿을 건 두 사람뿐이라는 뜻이 담긴 시선이었다.

홍염사화와 흑면사독은 담담한 표정이었다. 놀라거나 당황함이 조금도 엿보이지 않았다.

혈목괴와 천수탈혼은 그나마 안도가 되었다.

"시작하는군."

홍염사화가 중얼거렸다.

순간 모두가 숨을 죽였다.

혈목괴와 천수탈혼 역시 딱딱하게 굳은 얼굴로 시선을 돌렸다.

죽은 듯한 정적이 사위를 짓누르는 가운데 혈도부와 흑수라가 들판 한가운데에서 정면으로 격돌하고 있었다.

콰― 앙!

굉음이 폭발했다.

혈도부가 성큼성큼 걷다가 단 걸음에 도약하여 그 큼지막한 도끼를 일도양단의 기세로 내려찍자 그에 맞춰 철혼이 잔뜩 비틀었던 허리를 펴며 단숨에 대도를 그었다.

눈에 보이는 건 그게 다였다.

그러나 그 충돌로 인한 굉음과 충격파는 실로 엄청났다.

귀청을 찢어발길 듯한 폭음이 천지사방을 뒤흔들었고, 땅거죽을 밀어붙이며 사방으로 확산되는 충격파는 들판을 완전히 폐허로 만들어 버렸다.

"결과는……?"

누군가의 중얼거림이 흘러나오는 가운데 모두의 시선이 격전지로 쏟아졌다.

단 한 번의 격돌.

두 번은 없었다.

사람들은 그 한 번의 격돌이면 충분하다는 걸 깨달았다.

그만큼 엄청난 충격파였다.

아마도 두 사람은 이후는 생각하지 않고 자신이 가진 바를 모조리 쏟아냈으리라.

혈목괴는 그렇게 생각했다.

그것이 타당하다고 여겼다.

하나 격전지에 드러나고 있는 광경은 그런 그의 생각을 완전히 비웃어 버렸다.

대도를 비껴든 철혼이 이쪽을 향해 돌아서더니, 대지를 박차고 달려오고 있는 것이 아닌가.

좀 전의 격돌에 모든 걸 쏟아붓지 않았다는 것을 알 수 있었다.

"혈도부는……!"

어렵지 않게 찾을 수 있었다.

위아래로 분리되어 자신이 쏟아낸 핏물 속에 엎어져 있었다.

"맙소사!"

단 일격에 혈도부가 즉사해 버렸다.

그것이 무엇을 의미하겠는가?

흑수라는 저들이 말하는 초월경, 즉 절대의 경지에 올라섰음이다.

그렇지 않고서는 혈도부가 저토록 맥없이 당할 리가 없다.

혈목괴는 경악한 얼굴로 홍염사화와 흑면사독을 돌아봤다.

두 사람은 여전히 담담했다. 혈도부가 일격에 당했는데도 전혀 놀랍지 않은 모양이다.

흑면사독은 입가에 조소까지 지었다.

"간만에 재밌는 놈을 만났군. 아이들이 좋아하겠어."

그러고는 말에서 내려 섬전처럼 돌진해 오고 있는 흑수라를 향해 성큼 성큼 걷기 시작했다.

흑면사독이 움직이자 혈목괴와 천수탈혼 역시 말에서 내렸다.

한데 홍염사화가 그대로 있었다.

혈목괴와 천수탈혼은 홍염사화를 쳐다봤다.

함께 상대해야 하지 않겠느냐는 뜻이다.

"사독이 혈마(血魔)를 모조리 풀어놓을 건데, 그래도 좋다면 가봐."

홍염사화의 말에 혈목괴와 천수탈혼이 흠칫 놀라는 모습으로 흑면사독을 돌아봤다.

혹면사독이 성큼성큼 걸으며 두 팔을 천천히 들어 올리고 있었다.

 그의 앞에는 흑수라가 모조리 쓸어버리겠다는 듯이 일직선으로 돌진해 오고 있었다.

 이십여 장이던 간격이 순식간에 좁혀지더니, 두 사람 사이의 간격이 칠 장여가 되었을 때였다.

 걸음을 멈춘 혹면사독이 장포의 앞섶을 활짝 열었다.

 순간 새까만 구름덩이 같은 무언가가 확 뿜어지듯 쏟아져 나갔다.

혈겸이 이끄는 혈영대는 숲을 완전히 초토화시켜 버리겠다는 기세였다.

흑영대를 놓칠세라 무서운 속도로 숲 안으로 뛰어들었다.

잡목들 사이사이로 얼굴만 내밀고 있는 흑영대원들이 보이자 먹이를 노리는 이리 떼처럼 곧장 달려들었다.

그런데 흑영대를 향해 수중의 병기를 휘두르기도 전이었다.

갑자기 타고 있던 전마들이 앞으로 홱 고꾸라졌다.

'무영사!'

혈겸이 '아차!' 하는 표정을 지으며 고꾸라지는 전마에서 뛰어내렸다.

"한눈팔지 말라고 했잖아!"

주위의 수하들을 돌아보는 혈겸의 머릿속을 마구 뒤흔드는 일갈이었다.

혈겸은 급히 몸을 회전시켜며 수중의 낫을 휘둘렀다.

까강!

핏빛의 낫에 묵직한 충격이 걸리며 요란한 쇳소리가 눈앞에서 터졌다.

"모조품치고는 제법이구나!"

장대한 체구의 탁일도가 무서운 속도로 철곤들을 휘둘렀다.

혈겸은 한 치도 물러서지 않으며 두 자루의 낫을 마주 휘둘렀다.

그러는 사이 미리 설치되어 있던 무영사에 전마들의 앞다리가 잘려 나가는 바람에 여기저기 나둥그라진 혈영대를 흑영대가 급습했다.

하나 혈영대의 숫자가 워낙 많았다.

두 배가 훨씬 넘는 숫자이다 보니 단 한 번의 기회로 어찌 될 수가 없었다.

수십 명이 비명횡사한 가운데 혈영대가 반격을 하기 시작했다.

개개의 실력은 흑영대가 앞섰으나 혈영대의 숫자가 워낙 많다 보니 점점 밀리기 시작했다.

피를 흘리고 쓰러지는 숫자가 확연히 줄어들었다.

시간이 흐르면 더 줄어들 것이고, 결국 먼저 지치는 건 흑영대일 것이 불을 보듯 뻔했다.

"산돼지 같은 놈아! 혈영대는 흑영대가 만들어지기 전부터 존재했다."

"니놈들이 천주 직속이 된 건 우리를 따라했다는 걸 천하가 다 아는 사실이다!"

혈겸의 말을 탁일도가 비웃었다.

계속된 함정에 상당한 숫자의 수하들을 잃어버려 이미 싸우기 전부터 잔뜩 부아가 치밀었던 혈겸이라 탁일도의 빈정거림을 참지 못했다.

"그 주둥이를 찢어버리겠다!"

"그깟 풀이나 베는 낫으로 뭘 할 수 있단 말이냐!"

탁일도가 약을 올려대며 두 자루의 철곤을 마구 휘둘렀다.

혈겸이 광분하여 날뛰어보지만, 탁일도의 철곤은 철벽 그 이상이었다.

요란한 쇳소리와 시퍼런 불꽃만 마구 튀어댈 뿐 피 한 방울 뽑아내지 못했다.

용호상박(龍虎相搏).

무시무시한 싸움이었지만, 누구도 우위를 점하지 못하고 있었다.

그때였다.

삐이익!

단칼에 두 명을 베어버린 섭위문이 휘파람을 불었다.

탁일도가 힐끔 살펴보니 흑영대가 완연히 밀리고 있었다.

"숫자 한번 더럽게도 많네."

"오늘은 기필코 흑영대의 씨를 말려 버리겠다!"

혈겸이 살기를 터뜨렸다.

이때 길게 울리는 휘파람 소리를 들은 흑영대가 상대하던 자들을 떨쳐내고 단숨에 물러났다.

"아쉽지만 오늘은 여기까지다! 다음엔 기필코 네놈 머리통을 부숴주마!"

소리친 탁일도가 두 자루의 철곤을 맹렬하게 휘둘러 혈겸을 한 차례 몰아붙이더니 갑자기 성큼 물러나 냅다 도주하기 시작했다.

"이놈! 끝장을 보자!"

있는 대로 약이 오른 혈겸이 바짝 추격했다.

일백 가량의 혈영대원 역시 동료를 잃은 것에 분노하여 광분하듯 뒤를 쫓았다.

한참 쫓기다 보니 협소한 장소가 나타났다.

"어서 가!"

탁일도와 섭위문을 위시한 십여 명이 앞을 막고 섰다. 나머지 흑영대는 뒤도 안 돌아보고 도주했다.

"놓치지 마라! 단숨에 쓸어버려라!"

혈겸이 고함을 지르며 탁일도 등을 선두에서 덮쳤다. 그러나 탁일도가 휘두른 철곤에 단박에 막혀 버렸다.

좁은 길을 막고 선 흑영대의 면면은 보통이 아니었다.

흑영대의 조장들과 하여령, 소귀 등 조장들에 필적하는 고수들이었다.

"크윽!"

섭위문이 휘두른 칼에 두 명이 피를 쏟았다.

섭위문은 흑영대가 되기 전부터 사영도(死影刀)라는 도법을 익히고 있었는데, 검법의 기쾌함과 은밀함을 가미한 도법이라 일격에 상대의 숨통을 잘라 버리곤 했다.

오조장 백운산과 하여령 그리고 소귀 등이 분쇄곤을 폭풍처럼 휘두르고, 팔조장 운남천의 검이 섬전처럼 찌르고 베어대자 혈영대는 속수무책으로 나자빠지며 시간만 소모했다.

십여 명의 벽을 허물지 못한 사이 흑영대원들이 멀리 사라지고 있었다.

이대로 놓칠 것 같은 분위기였다.

혈영대주인 혈도부가 오늘은 기필코 쓸어버리라고 한 말이 떠오른 혈겸은 다급해졌다.

"넘어가!"

혈겸이 악을 질렀다.

그러자 혈영대원 중 일부가 앞에 있는 동료의 어깨를 밟고 섭위문과 탁일도 등의 머리 위를 훌쩍 뛰어넘었다.

"물러난다!"

섭위문이 즉각 판단을 내렸다.

"막아!"

혈겸이 섭위문 등을 뛰어 넘어간 수하들에게 소리쳤다.

"누굴?"

그러나 탁일도 등을 막기에는 역부족이라 단숨에 뚫려 버렸다.

"쫓아라!"

혈겸이 이를 갈아붙이며 뒤를 쫓았다.

*　　　*　　　*

먹구름이 확 달려드는 것처럼 보인다.

독연 따위가 아니다.

살아 있는 것들이다.

웅웅— 우우웅!

날갯짓 소리!

벌 떼다!

머릿속에 흑면사독에 대한 정보가 떠오른다.

한 번 쏘이면 그 자리에서 온몸이 굳어버린다는 극독을 가진 흑봉(黑蜂).

단순한 벌 떼가 아니다.

살인벌떼다.

지옥봉이라 불리는 데는 그만한 이유가 있다.

놈들은 온몸이 굳어버린 사람의 몸속을 파고든다. 그리고 순식간에 먹어치운다.

뼈만 남기는 데는 일각이면 충분하다.

흑면사독은 혈마봉(血魔蜂) 혹은 지옥봉이라 불리는 흑봉의 벌집을 장포 안쪽에 가지고 있다.

그 크기가 얼마나 큰지는 밝혀지지 않았으나 흑봉의 숫자가 천 단위일 거라고 했다. 일각에서는 일만을 넘을 거라고도 했다.

'문제는 숫자가 아니야!'

쏘이지 말아야 한다.

한 번 쏘이면 어떻게 될지 장담할 수 없다.

천뢰의 신공을 익혔으니 어쩌면 쏘여도 상관없을지도 모른다.

그러나 추측일 뿐이다.

추측에 몸을 맡길 수는 없다.

일격에 모조리 날려 버릴 수도 없다.

그럼 어떻게 해야 할까?

의문은 오래가지 않는다. 이미 생각해 둔 바가 있다.

철혼의 몸은 이미 행동하고 있었다.

숱한 혈전을 치르면서 뼈저리게 깨닫고 있는 게 있다. 상대가 무얼 가졌든 강력한 적의 가장 치명적인 급소는 결국 몸일 수밖에 없다.

팟파― 앗!

철혼의 움직임이 더욱 빨라졌다.

먹구름처럼 몰려오는 살인벌떼의 정중앙을 향해 주저 없이 뛰어들었다.

지옥봉이라 불리는 독봉들이 침을 꽂을 틈조차 주지 않고 극쾌의 움직임으로 관통해 버렸다.

'비홍(飛紅)도 있었지?'

의문을 떠올린 것과 동시에 눈앞에 한 점이 보였다.

아주 작게 보이는 붉은 점.

뭔가가 급속도로 날아들고 있다.

철혼은 눈을 큼지막하게 뜨며 좌수를 뻗었다.

픽!

손바닥이 불을 지진 듯 화끈거렸다.

굳이 눈으로 보지 않았다.

비홍이라 불리는 독사가 손바닥에 꽂힌 것이리라. 독봉처럼 튕겨낼 수 있을 것이라 여겼는데, 아니었다.

암기처럼 박혀 버렸다.

문제는 그뿐이 아니다.

화아아악!

흑면사독이 우장을 내밀자 녹색의 기류가 쏟아졌다.

독공(毒功)이다.

원래 계획대로라면 지옥봉을 뚫고 비홍을 쳐낸 후 패왕굉뢰도의 절초 패왕겁(覇王劫)을 펼칠 생각이었다.

패왕겁이라면 독공을 단박에 날려 버릴 수 있을 거라 자신했다.

한데 문제가 생겼다.

비홍을 쳐내지 못했다. 손바닥에 박혀 버렸다.

그 때문인지 머리가 어지럽고 속이 메슥거린다.

게다가 흑면사독의 독공이 눈앞에 있고, 지옥봉이라는 살인 벌떼가 뒤에서 덮쳐오고 있다.

'좋아. 둘 중 하나는 지옥으로 직행이다!'

확률은 반반이다.

철혼은 왼손을 뻗은 채 흑면사독의 독공 속으로 단숨에 파고 들어 갔다.

덥석!

누구도 예상치 못한 행동이다.

게다가 빨랐다.

흑면사독 역시 추호도 예상하지 못했던 터라 목을 내주고 말았다.

그러나 흑면사독은 안도했다.

입가에 진한 조소를 지은 채 철혼의 얼굴을 들여다봤다.

철혼의 얼굴이 녹광으로 물들었고, 흑봉들이 등을 향해 암기처럼 틀어박히며 덕지덕지 달라붙었다.

비홍사의 독은 황소도 고꾸라뜨린다. 내공의 고수라고 하더라도 제때에 밀어내지 못하면 즉사를 면치 못한다.

흑수라는 비홍사의 독에 중독되었다.

그리고 독을 몰아낼 여유조차 없다.

그러니 죽는다.

거기에 흑봉들이 있다.

성질이 다르지만, 비홍사 못지않게 극독이다. 한 번 쏘이면 전신이 마비되고 만다. 게다가 놈들이 지옥봉이라 불리는 건 살을 파고들어 가 남기지 않고 뜯어 먹기 때문이다.

"뼈만 남게 생겼구나!"

"두고 보면 알겠지."

철혼의 얼굴은 포기한 자의 표정이 아니었다.

'이 지경이 되어서도 뭘 믿는단 말이냐?'

흑면사독이 의문을 표한 순간.

철혼의 하단전에서 해일처럼 일어난 천뢰의 기운이 팔만사천 모공을 통해 단숨에 폭발했다.

파지지지지직!

돌연 철혼의 전신에서 시퍼런 뇌기가 마구 불꽃을 튀겼다.

철혼의 등을 파고들던 지옥봉들이 마구 터져 나갔다.

흑면사독의 목을 움켜쥔 철혼의 왼손에 틀어박힌 비홍사 역시 새까맣게 타버렸다.

그뿐이 아니다.

흑면사독 역시 전신에서 매캐한 연기를 피워 올리고 있었다.

"크헉!"

벼락에 맞은 사람처럼 온몸이 꼿꼿해진 모습으로 전신이 타버렸다.

"맙소사!"

멀리서 지켜보던 혈목괴가 소스라치게 놀랐다.

천수탈혼과 홍염사화의 반응 역시 크게 다르지 않았다.

그들의 눈에 비친 모습도 처음엔 분명 흑수라의 죽음이었다. 그런데 갑자기 뇌기가 작렬하더니 상황이 돌변했다.

흑면사독이 매캐한 연기를 피워 올리며 새까맣게 타버렸고, 끝이라고 생각했던 흑수라는 멀쩡했다.

세 사람은 자신의 눈에 비친 광경을 혼란스럽게 바라보았다.

이때 철혼은 새까맣게 타버린 흑면사독의 시체를 한쪽으로 던져 버리고는 왼 손바닥에 꽂힌 채 타버린 비홍사를 뽑아 던졌다.

그리고 혈목괴와 천수탈혼 그리고 홍염사화를 향해 돌아섰다.

대도를 비껴든 채 천천히 걸음을 옮기기 시작했다.

무심한 표정의 얼굴에는 녹기가 조금도 남아 있지 않았다. 천뢰의 기운이 독기조차 태워 버린 것이다.

이로써 철혼은 한 가지 사실을 깨달았다.

어지간한 독은 자신에게 무해하다는 것이다. 정확히는 순식간에 태워 버릴 수 있으니 위협이 되지 않는다.

위기를 정면으로 돌파했기에 얻을 수 있는 수확이다.

"다음은 누구지? 웬만하면 한꺼번에 오지?"

철혼이 세 사람을 향해 내뱉었다.

정신을 차린 세 사람이 눈을 크게 치떴다.

당황과 분노가 어우러진 얼굴을 사납게 일그러뜨렸다.

*　　　*　　　*

흑영대는 뇌주로 들어섰다.

오십여 보의 차이를 두고 섭위문과 탁일도 등 십여 명이 뒤를 이었다.

그리고 혈겸이 이끄는 혈영대가 바짝 추격하였다.

"모조품 아니랄까 봐 아주 잘도 따라다니는구나!"

"닥쳐라!"

가장 후미에 처진 탁일도가 조롱하자 혈겸이 발끈했다.

"너나 닥쳐라! 그리고 모조품 따위와 놀아줄 시간 없으니까 그만 꺼지란 말이다!"

탁일도가 달리는 속도를 올렸다.

섭위문 등도 덩달아 속도를 올렸다.

"비겁하게 도망치지 말고 한판 제대로 붙자!"

혈겸이 수중의 낫을 던지며 빠르게 따라붙었다.

그러나 탁일도가 한 바퀴 휘돌아 단숨에 쳐냄과 동시에 곧장 가던 방향으로 내달려 버리자 무용지물이 되었다.

혈겸은 빠르게 튕겨나가는 낫을 낚아채며 달리는 속도에 박차를 가했다.

흑영대가 모퉁이 두 번을 꺾었다.

혈겸과 혈영대 역시 바짝 추격했다.

'여기다!'

혈겸의 눈이 반짝 빛났다.

오십여 장에 달하는 골목이 곧게 뻗어 있다.

게다가 이두마차 두 대가 간신히 지나갈 정도로 폭이 좁은 골목이다.

앞서 도주 중인 흑영대가 골목 끝에 다다르기 전이니 그야말로 안성맞춤이다.

혈겸은 입가를 비틀어 올리며 손을 번쩍 들어 흔들었다.

순간 뒤에서 달려오던 혈영대원들이 일제히 뭔가를 날렸다.

쾌애애액!

공기를 찢어발기고 날아가는 기세가 매서웠다.

'네놈들을 잡기 위해 특별히 고안한 파혈표(破血鏢)다! 철립 따위는 종잇장처럼 찢어버릴 것이다.'

혈겸의 호언장담을 과시하듯 일백여 개의 파혈표가 빛살처럼 날아갔다.

날카로운 파공음에 놀란 흑영대원들이 달리던 것을 멈추고 뒤를 돌아봤다.

일백여 개의 파혈표가 소나기처럼 쏟아지고 있었다.

흑영대는 다급히 철립을 벗어 막았다.

그러나 혈겸의 장담처럼 섬뜩한 쇳소리가 터지며 철립이 종 잇장처럼 찢어졌다.

"철립을 버려!"

가장 먼저 파혈표를 막으려 했던 섭위문이철립을 던져 버리며 소리치자 깜짝 놀란 흑영대원들이 파혈표가 철립을 뚫고 들어오기 직전에 철립을 허공으로 던져 버렸다.

'망할!'

혈겸이 인상을 찌푸렸다.

흑영대원들의 임기응변 때문에 파혈표가 효과를 발휘하지 못했다.

그러나 실망할 필요는 없었다.

흑영대의 발걸음을 붙잡았으니 최소한의 이득은 취한 셈이다.

"이때다! 모조리 도륙해 버려라!"

혈겸이 소리치며 탁일도를 덮쳐갔다.

탁일도가 오른발을 들어 진각을 밟았다.

쿠웅!

"오냐! 여기서 끝장을 보자!"

탁일도가 호기 있게 고함을 질렀다.

그런데 두 눈이 웃고 있다.

'웃어?'

혈겸의 눈에 의문이 떠오른다.

왠지 모를 불길함이 그를 엄습했다.

순간.

"억?"

"크악!"

"끄아아아악!"

빠른 속도로 돌진하던 혈영대원들이 비명을 터뜨리며 와르르 쓰러졌다.

삼십이 넘는 숫자가 다리가 잘려 고꾸라졌다.

"무영사다!"

누군가가 찢어지는 고함을 질렀다.

혈겸이 신형을 비틀어 땅으로 내려서며 뒤돌아보니 과연 무릎 높이에 혈선이 보였다.

'좀 전까지는 없었는데?'

혈선을 눈으로 쫓아보니 양쪽 담벼락을 관통하고 있다.

'매복?'

담벼락 너머에 누군가가 있다는 뜻.

아마도 흑영대원일 터.

혈겸의 예상을 증명이라도 하듯 담벼락 위로 나타난 자들이 있었다.

열아홉 명의 흑의인.

'흑영대다!'

혈겸이 눈을 치뜬 순간.

좌우의 담벼락 위로 모습을 드러낸 열아홉 명의 흑영대원이 일제히 귀궁노를 발사했다.

퍽퍽퍽퍽퍽퍽!

귀궁노는 일곱 발까지 연사가 가능했다.

백여 발이 소나기처럼 퍼부어졌다.

마치 우리에 갇힌 이리 떼를 향해 강전을 퍼붓는 것 같았다.

강전에 관통당한 혈영대원들이 마구 쓰러졌다.

담벼락을 박차고 신형을 솟구치는 이들도 있었으나 병기를 휘두르기도 전에 벌집 같은 구멍이 숭숭 뚫린 채 땅으로 추락했다.

일백이 넘던 숫자가 무영사에 당해 칠십으로 줄어들었고, 이후 귀궁노의 밥이 되어 십여 명으로 확 줄어버렸다.

강전 일곱 발을 연사로 발사한 흑영대원들이 일제히 뛰어내려 남은 혈영대를 덮쳤다.

일대일에서는 상대가 되지 않았다.

남은 십여 명 역시 이렇다 할 반격조차 못하고 모조리 쓰러졌다.

이제 남은 건 마지막 일격뿐이었다.

분노에 차 전신을 떨어대는 혈겸.

피바다 속에 전멸해 버린 혈영대를 바라보는 그의 두 눈에 광기가 폭발하고 있었다.

"한눈팔지 말라고 했잖아!"

골목을 뒤흔드는 일갈.

혈겸이 신형을 돌리니 탁일도가 탄환처럼 쏘아져왔다.

혈겸은 두 자루의 낫을 사력을 다해 휘둘렀다.

까— 앙!

쉿소리가 터지며 혈겸의 상체가 휘청거렸다.

"네놈들이 무서워서 여기까지 온 줄 아느냐!"

탁일도가 일갈을 터뜨리며 무시무시하게 철곤을 휘둘러 댔다.

공기를 찢어발기는 철곤에 천근의 파괴력이 폭발하고 있었다.

깡! 까앙!

혈겸은 철곤의 파괴력에 밀려 연신 뒷걸음쳤다.

탁일도의 철곤은 무시무시했다.

전장의 살귀인 흑수라를 따라하던 분쇄곤이 이제는 자신만의 무공으로 자리 잡기 시작한 터라 이전에 비할 바 없이 강맹한 파괴력을 과시하고 있었다.

"이, 이놈이!"

믿을 수 없다는 표정을 지으며 쉴 새 없이 뒷걸음질 치던 혈겸.

턱!

돌연 뒤로 물러나는 발에 혈영대원의 시체가 걸렸다.

균형을 잃고 기우뚱 거리는 혈겸의 머리 위로 철곤이 떨어졌고, 그걸 피하고자 신형을 비트는 순간 혈겸의 발이 핏물에 미끄러지고 말았다.

퍽!

철곤이 어깨를 강타했다.

그 힘에 핏물이 홍건한 땅바닥으로 처박히는 혈겸.

반사적으로 신형을 일으키려는 찰나 무시무시한 파공음이 터지더니 철곤이 그의 머리를 박살을 내버렸다.

퍼억!

혈겸은 그대로 고꾸라져 다시는 움직이지 못했다.

"다친 놈 있어?"

탁일도가 돌아서며 대원들에게 소리쳐 물었다.

"이렇게까지 했는데도 다치면 병신이지요."

저쪽에서 소귀가 웃으며 소리쳤다.

"좋아. 당연히 그래야지."

고개를 끄덕이는 탁일도.

숲에다 함정을 팔 수도 있었지만, 굳이 이런 골목에 함정을 판 건 대원들의 피해를 최소화하기 위해서였다.

천하영웅맹과 사도천, 둘 다 상대해야 하는 흑영대는 일당백을 넘어 일당천이 되어야 하니 모든 작전이 희생자를 최소화하도록 짜맞추어야 한다.

"삼조장은요?"

"안 왔어?"

지장명이 다가와 묻자 탁일도가 되레 물었다.

순간 지장명이 이맛살을 찌푸리며 섭위문을 돌아봤다.

"일이 터졌는지도 모르겠습니다."

총귀 뒤를 쫓아간 삼조장 능인은 저들이 보유하고 있는 벽력뇌화구의 숫자를 파악해 보고 가능하면 탈취하여 돌아오기로 했다.

그런데 이 시각까지 어느 쪽에도 합류하지 않았다는 건 그의 신변에 일이 터졌다는 것을 의미했다.

"진짜 일 터진 거야?"

탁일도가 소리치며 고개를 돌렸다.

이때 섭위문이 흠칫하더니 담벼락 위로 올라갔다.

"왜……!"

왜 그러냐고 물으려던 탁일도 역시 놀란 표정을 짓더니 섭위문의 곁으로 올라갔다.

"저거 뭐야?"

탁일도가 당황하여 소리쳤다.

어지간한 일로는 눈 한 번 깜박이지 않는 탁일도가 저런 반응을 보인다는 건 정말 심상치 않는 일이다.

지장명을 비롯한 몇몇 대원이 담벼락 위로 올라가 주위를 둘러봤다.

모두들 놀란 눈을 있는 대로 부릅떴다.

"완전히……."

"포위되었네?"

소귀의 말을 받아 하여령이 담담히 이었다.

그랬다.

흡사 뇌주의 모든 사람이 몰려오는 듯 셀 수조차 없는 무수한 숫자의 사람이 지금 흑영대가 있는 골목을 향해 꾸역꾸역 몰려오고 있었다.

족히 이천 명은 되어 보인다.

저건 많아도 너무 많다.

저 정도 숫자면 한 손이 열 손을 감당 못한다는 말을 절대 벗어나지 못한다.

게다가 단순히 숫자만 많은 게 아니었다.

구름처럼 몰려오면서 길을 막고 있는 담벼락을 와르르 무너뜨리고 있었다.

흑영대가 골목을 이용한 싸움을 하지 못하도록 만들기 위함이 분명했다.

범상치 않은 자들.

정체가 심히 궁금할 지경이었다.

"조장님, 저기!"

소귀가 소리쳤다.

모두들 소귀가 가리키는 곳을 향해 시선을 돌렸다.

거기에 깃발이 보였다.

피처럼 붉은 바탕에 아홉 개의 색을 가진 원.

"구륜교(九輪敎)……!"

지장명이 중얼거렸다.

당황과 놀람이 가득했다.

"저것들이 왜 여기에 있는 거여?"

"우릴 기다리고 있었던 모양이군."

탁일도의 말에 섭위문이 대꾸했다.

냉정한 그답게 차분한 모습이었다.

"대주님 쪽에도 갔을까?"

탁일도가 지장명을 향해 물었다.

"아마도……."

"뭔 대답이 그래?"

"저라면 그쪽에도 보냈을 겁니다. 그리고 이쪽이 위험하다는 걸 말해줄 겁니다. 당황하라고, 흔들리라고요. 그러면 마음이 급하니 무리를 하게 되겠지요."

"그럼 안 되지. 뚫고 가자."

탁일도가 급하게 소리쳤다.

하나 섭위문이 고개를 저으며 반대했다.

"안 돼."

"안 돼? 왜?"

"저들이 원하는 것에는 우리가 무리하는 것도 있을 거다."

섭위문의 대답에 탁일도가 지장명을 돌아봤다.

"맞아?"

"저라면 그럴 겁니다."

"그럼 어째야 해?"

"무리를 해서 뚫으려고 하면 절반은 이곳에 두고 가야 할 거고, 여기서 농성을 한다면 한 식경 후에 두 발로 서 있는 대원은 한 명도 없을 겁니다."

지장명의 말에 탁일도가 눈을 부릅뜨며 주위를 둘러봤다.

정말 많았다.

저토록 많은 숫자가 어디에 숨어 있었는지, 참으로 기가 막힐 일이다.

"배를 타고 온 모양인데요?"

소귀가 같은 생각을 하고 있었던지 바다 쪽을 바라보면서 중얼거렸다.

바다가 보이지는 않지만, 한 식경쯤 달리면 바다가 나온다.

이미 확인했던 바다.

"바다로 가지요."

지장명이 갑자기 반색하며 소리쳤다.

"바다?"

"우리가 가진 암기를 모조리 쏟아부으면 바다까지 갈 수도 있을 겁니다."

"그럼 살 수 있어?"

"그건 대주님이 하기 나름입니다."

"뭘 어떻게……?"

"귀궁노를 발사했던 대원들은 강전들을 회수해라! 혈영대 시체에 암기들이 있는지 확인하는 것도 잊지 말고, 나머지는 철립들을 회수하도록 한다. 서둘러라!"

탁일도의 물음이 끝나기도 전에 섭위문이 대원들을 향해 소리쳤다.

지장명과 함께 귀궁노를 발사했던 대원들이 혈영대가 몰살한 곳에서 강전들을 회수하면서 시체들을 뒤지기 시작했고, 나머지는 담벼락 너머로 신형을 날려 철립들을 찾았다.

섭위문은 탁일도를 돌아봤다.

"반 시진이다. 반 시진만 버텨보자."

"바다에서?"

"그래. 거기라면 배수의 진을 칠 수도 있고, 대주님이 제때에 도착한다면 단번에 상황을 뒤집을 수도 있다."

"뭔 소린지는 모르지만… 두 사람이 같은 생각인 모양이니 그렇게 하지. 여령아! 가슴 바짝 조여매라!"

"진작 그렇게 했어!"

저쪽에서 하여령이 종잇장처럼 길게 찢어진 철립을 들여다보며 당연하다는 듯 대꾸했다.

"좋다! 좋아! 한바탕하기 좋은 날씨지 않냐?"

"우중충한 날씨가 뭐가 좋다고 그럽니까?"

"뙤약볕이면 땀나잖아!"

"날씨가 뭔 상관입니까, 어차피 개 발에 땀나도록 뛰어야 하는데. 그리고 혈영대 놈들하고 여기까지 오는 동안 이미 후줄근해졌구만!"

소귀가 말꼬리를 물었다.

탁일도는 눈알을 부라리며 잡아먹을 듯이 소리쳤다.

"이 새끼가 하늘같은 조장님이 말씀하시는데……!"

"하늘 같은 건 맞지만, 내 조장님은 아니지 않습니까!"

"야, 일조장! 저 새끼 우리 조로 보내주라! 뭐든 다 들어줄 테니까, 제발 보내주라. 응?"

그제야 소귀가 화들짝 놀라며 섭위문을 돌아봤다.

"글쎄……."

"이거 왜 이러십니까. 전 섭 조장님께 몸과 마음을 바쳐 충성하기로 다짐했는데!"

"난 남색을 즐기지 않는다."

난데없이 섭위문의 농이 튀어나왔다.

항상 얼음 같은 섭위문이 내뱉자 한바탕 박장대소가 터졌다.

"좋아! 소귀 잡아 족치는 건 나중에 하기로 하고, 검평!"

"예!"

탁일도가 부르자 저쪽에서 유검평이 반사적으로 대답했다.

"너 이 새끼, 혈영대랑 싸울 때 왼팔에 한 방 먹었지?"

"……!"

대답을 못하고 어떻게 알았느냐는 얼굴로 쳐다보는 유검평!

"혈영대 따위한테 당했으니 징계감이다만, 대주님 만날 때까지 두 발로 서 있으면 용서해 주마! 알았냐?"

"알겠습니다!"

"좋다! 모두 들어라! 지금부터 대주님을 뵐 때까지 목숨 빼고, 모조리, 전부, 다 쏟아낸다. 알았나?"

흑영대원들이 일제히 제 가슴팍을 마구 두들겨 댔다.

탁일도는 그 모습을 흐뭇하게 지켜보다 섭위문을 돌아봤다.

"시작해라!"

지휘를 맡기겠다는 뜻이다.

섭위문은 고개를 끄덕이며 대원들을 향해 외쳤다.

"가장 위험한 선봉은 탁 조장과 이조가 맡는다. 선두가 막히면 그 자리가 무덤이 될 테니까, 잘해주리라 믿겠다. 다음은 사조다. 선두가 막히기 전에 귀궁노를 적극 활용하도록 해라. 그리고 다음은……."

짧은 순간 대열의 배치를 마친 섭위문.

탁일도에게 방향까지 일러주고 나자 모두들 한바탕 피바람을 일으킬 준비가 완료되었다.

그러는 사이 구룡교도들은 벌써 이십여 장 가까이 몰려오고 있었다.

탁일도는 섭위문을 돌아봤다.

섭위문이 무겁게 고개를 끄덕였다.

탁일도는 씩 웃어준 후 골목 아래로 뛰어내렸다.

"좋다! 가자!"

탁일도가 외치며 성큼 걷기 시작했다. 몇 걸음 빨리 걷더니 이내 내달렸다. 그 뒤로 하여령을 비롯한 이조원들이 바짝 따랐다.

이리 저리 꺾어가며 골목을 내달리는 흑영대의 모습은 흡사 한 마리의 흑사를 보는 것 같았다.

그래서일까?

어느 순간 흑사의 머리에 해당하는 탁일도를 비롯한 이조원들이 흑사가 머리를 치켜세우듯 갑자기 담벼락 위로 솟구쳤다.

그리고는 담벼락 위를 빠른 속도로 달렸다.

흑사의 몸뚱이처럼 흑영대원들이 줄을 지었다.

"지금이다!"

탁일도가 돌연 소리쳤다.

순간 일조 뒤에 위치해 있던 지장명을 비롯한 열아홉 명이 좌우 허공으로 신형을 날리며 전방을 향해 귀궁노를 발사했다.

"크악!"

"으아아악!"

구륜교도들이 가슴이 뻥 뚫린 채 비명을 질러댔다.

땅으로 내려선 지장명 등은 이내 도약하여 담벼락 위로 오르며 귀궁노를 거푸 쏘아댔다.

구륜교도 수십 명이 피를 흘리고 쓰러졌고, 탁일도를 선두로 한 일조가 그 틈을 놓치지 않았다.

"이놈들! 모조리 박살을 내주마!"

불곰처럼 달려든 탁일도가 양손에 나눠 쥔 철곤들을 무차별적으로 휘둘러 댔다.

그 힘이 어찌나 무시무시했는지 앞을 막아선 구류교도들이 병장기와 함께 피떡이 되어 좌우로 나동그라졌다.

하여령을 비롯한 이조원들 역시 탁일도 못지않게 흉포했다.

두 눈을 부릅뜬 채 철곤들을 무자비하게 휘둘러 대니 분쇄곤의 파괴력을 감당 못한 구류교도들이 썩은 짚단처럼 여기저기 마구 고꾸라졌다.

"와라! 모조리 지옥으로 날려주마!"

탁일도가 고함을 질러대며 돌진했다.

아름드리 거목처럼 튼튼한 두 다리가 쓰러져 있는 구류교도들을 이리저리 걷어차 가며 마치 해일처럼 몰려오고 있는 적진을 힘으로 밀고 들어갔다.

그러나 죽이고 죽여도 끝이 없었다.

이천이라는 숫자가 얼마나 끔찍한 것인지 구류교가 여실히 보여주고 있었다.

게다가 선두의 전진 속도가 줄어들자 사방에서 몰려오던 구류교도 중 일부가 빠른 속도로 움직여 선두 쪽에 합류하여 더욱 튼튼한 인의 장벽을 구축하기 시작했다.

"따라와!"

후미를 책임지고 있던 섭위문이 갑자기 선두로 내달렸다.

그의 뒤로 일조원들이 바짝 따랐다.

치열한 접전을 벌이고 있는 선두 가까이 도착한 섭위문이 갑자기 허공으로 솟구쳤다. 소귀를 비롯한 일조원들 역시 마찬가지였다.

섭위문을 시작으로 일조가 허공에서 철립을 던졌다.

맹렬한 속도로 날아간 십여 개의 철립이 탁일도의 전방을 막고 있는 적진을 파고들었다.

"끄악!"

"끄득!"

가슴에 꽂힌 자, 목이 떨어진 자, 머리통에 꽂힌 자, 그야말로 끔찍한 광경이 속출했지만, 구류교에 맹목적인 충성을 바치고 있는 구류교도들은 조금도 물러서지 않았다.

그런 구류교도들의 한복판으로 섭위문을 비롯한 일조가 마치 전갈의 꼬리처럼 내려꽂혔다.

얼음장처럼 싸늘한 얼굴로 칼질을 해대는 섭위문.

그의 일도에 구류교도들의 팔이 떨어지고, 목이 잘라지기 일쑤였다.

소귀 역시 맹렬한 기세로 구류교도들을 휩쓸었다.

그들의 활약에 탁일도를 비롯한 이조의 숨통이 트였다.

"가자!"

고함을 지른 탁일도가 양손의 철곤을 풍차처럼 휘두르며 돌진했다.

이조원들이 뒤를 따랐고, 지장명을 비롯한 이들과 나머지 대원들이 흑사의 몸통처럼 줄을 이었다.

사투를 벌이는 섭위문과 일조가 다시 흑사의 꼬리가 되었다.

섭위문은 대원들을 추슬러 흑영대에 따라붙도록 했다.

그사이 탁일도가 구류교도들이 펼쳐놓은 인의 장벽을 완전히 돌파하는 데 성공했다.

그러나 그게 끝이 아니었다.

쿠— 웅!

탁일도의 눈앞에 거대한 그림자가 하늘에서 뚝 떨어져 내렸다.

"이놈들! 그냥 보내줄 것 같으냐!"

천둥 같은 일갈이 천지간을 뒤흔들었다.

탁일도가 눈을 부릅떴다.

그의 앞에 붉은 철갑을 걸친 철탑처럼 거대한 체구의 거한이 우뚝 서 있었다.

탁일도보다 머리통 하나는 더 컸다.

게다가 오른손에 혈도부의 것보다 훨씬 더 커다란 묵빛의 도끼를 쥐고 있으니 하늘에서 내려온 신장을 보는 것처럼 위용이 대단했다.

"혈갑(血甲)… 악부(惡斧)!"

놀란 탁일도가 자신도 모르게 내뱉었다.

10장

누가 감히 지옥을 운운한단 말이냐!

뇌주의 전경이 한눈에 내려다보이는 마천루(摩天樓).

최상위층에 몇 사람이 모여 흑영대와 구륜교의 혈전을 내려다보고 있었다.

"허허! 모두가 총귀의 생각대로 되었으니, 참으로 대단하외다. 신산귀계, 말만 들었지. 정말 대단한 계책이었소."

"제 놈들이 스스로 찾아왔거늘 어찌 신산귀계라 할 수 있겠습니까, 게다가 저놈들이 마지막으로 향한 방향이 제 생각과 다르니 부끄러울 뿐입니다."

검은 용포를 걸친 노인이 칭찬하자 총귀가 공손히 말했다.

"놈들이 흑수라가 있는 쪽으로 가지 않은 건 그쪽이 더 위험하다는 걸 본능으로 알아차렸던 모양이겠지요."

"그것까지 계산하지 못했으니 제 불찰입니다."

"불찰이라니요? 가당치도 않소. 혈사(血邪)가 저렇듯 놈들을 막고 있으니, 총귀의 계산대로 된 셈이잖소. 본 교주는 충분히 만족하고 있소."

검은 용포의 노인, 구룡교주가 부드럽게 말했다.

하나 멀리 흑영대를 바라보는 눈빛에는 살기가 무섭게 소용돌이 치고 있었다.

어찌 안 그렇겠는가?

저들에게 자식이 죽었거늘.

총귀는 흑영대를 막고 있는 혈사, 혈갑악부를 바라보았다.

'혈사가 있으니 저놈들은 이미 죽은 목숨이다. 흑수라 놈도 저와 마찬가지 상황일 터, 남은 건 뇌주와 해남도를 손에 넣는 일 뿐이구나.'

해남도와 뇌주를 발판 삼아 광동을 손에 넣으면 광서성은 자연적으로 고립되어 사도천의 영역이 되고 만다. 이후 귀주와 호남까지 확장하고 나면 천하영웅맹을 삼면에서 압박하는 형국이 되니 천하를 지배하는 건 시간문제다.

총귀는 내심 흡족했다.

흑수라의 준동이 천하영웅맹에 또 다른 내분을 촉발시키는 촉매가 되었다.

그 덕분에 흑수라를 친다는 명분으로 해남도와 뇌주를 손쉽게 손에 넣을 수 있게 되었다.

'죽은 놈에게 고맙다고 할 수는 없으니, 이놈에게 말할까? 크흐흐흐!'

총귀가 뒤를 돌아봤다.

한 사람이 피투성이가 되어 벌레처럼 꿈틀거리고 있었다.

흑영대 삼조장 능인이었다.

"모든 게 총귀의 생각대로 되었으니, 이제 마지막은 본 교가 처리해도 되겠지요?"

"여부가 있겠습니까, 부디 아드님의 원혼에게 위로가 되었으면 합니다."

총귀가 정중히 말하며 수하에게 눈짓하자 아직 정신을 차리지 못하는 능인을 구륜교도에게 넘겼다.

"흑수라는 살지 못하겠지요?"

"그가 살아 있기를 바라십니까?"

"이곳에서 죽기를 바라오. 그놈이 보는 앞에서 흑영대 놈들을 모조리 참하고 싶소."

"그 심정 이해합니다. 하나 워낙 흉포한 놈인지라 어설프게 처리할 수가 없었습니다."

총귀가 미안한 얼굴로 포권했다.

구륜교주는 손을 들어 제지하며 한숨을 내뱉었다.

"하아! 이해하오. 천하가 눈앞에 있거늘 어찌 소소한 일 때문에 방심할 수 있겠소."

"송구합니다."

"됐소. 충분히 감사하고 있소. 이제 그만 가봅시다."

"그러시지요."

구륜교주와 총귀, 두 사람은 천천히 계단으로 향했다.

그 뒤로 구륜교도들이 능인을 질질 끌고 따라갔다.

붉은 핏물이 땅에 휩쓸려 길을 만들고 있었다.

＊　　　＊　　　＊

철혼을 향해 가장 먼저 공격한 건 천수탈혼(千手奪魂)이었다.

이미 눈앞에서 흑면사독이 어떻게 죽었는지 보았기에 천수탈혼은 방심하지 않고 처음부터 전력을 다했다.

천수라는 별호가 붙을 정도로 그의 두 손이 미친 듯한 속도로 품속을 드나들자 온갖 종류의 암기들이 무수히 쏟아졌다.

피류류륫! 피이익! 쉬악! 패액!

크기와 종류 그리고 숫자가 천차만별이라 공기를 가르는 파공음도 제각각이었다.

흡사 수십 명이 한꺼번에 암기들을 발출하는 것 같은 광경을 천수탈혼 혼자 해내고 있어 그가 왜 오흉에 속하는지 여실히 보여주었다.

철혼은 철립을 손에 쥐었다.

그리고 눈보라처럼 휘몰아치는 암기들을 향해 철립을 던졌다.

쾌속하게 휘돌며 날아간 철립이 휘몰아치는 암기들의 중심부를 관통했다.

딱 한 걸음.

철혼은 극쾌의 신법을 펼쳐 철립의 한 걸음 뒤로 몸을 날렸다.

스쳐 가는 암기들이 몸에 생채기를 냈지만, 개의치 않았다.

제자리에 서서 막는 것보다는 적의 공격 안으로 뛰어드는 게 싸움을 유리하게 이끄는 방식이라는 걸 숱한 혈전의 경험으로 잘 알고 있었다.

철혼은 무더기로 날아드는 암기들을 관통한 후 땅을 박차고 날아올랐다.

대도를 쳐들고 패왕굉뢰도의 일초 패왕인(覇王刃)을 펼칠 준비를 했다.

순간 그의 눈에 놀라운 광경이 보였다.

홍염사화가 양손의 십지를 활짝 편 상태로 빠르게 내젓자 십지 끝에서 핏방울이 마치 탄환처럼 튀어나왔다.

화홍지(花紅指)!

홍염사화를 칠사의 일좌에 앉혀준 절정의 지공(指功)이자 신기묘묘한 암기술이었다.

철혼은 패왕인을 펼치려던 생각을 바꿔 패왕겁(覇王劫)을 펼쳤다.

부아아아아아악!

대도가 바람을 쪼개며 무수한 그림자를 쏟아냈다.

전방의 공간을 물 샐 틈 없이 가르고 쪼개 버리는 가공할 도초!

꽈다다다다당!

요란한 소리가 터지며 홍염사화의 화홍지가 모조리 막혀 버렸다.

하나 이제부터가 시작이었다.

어느새 자리를 이동한 혈목괴가 사각에서 오른팔을 뻗었다.

놀랍게도 그의 팔이 이 장 길이로 늘어나 철혼의 옆구리를 파고들었다.

철혼이 빙글 신형을 돌리며 피하자 마른 가지를 연상시키는 혈목괴의 팔이 상의 자락을 부욱 찢으며 스쳐 갔다.

철혼은 대도를 휘둘러 혈목괴의 팔을 자르려고 했다.

순간 천중에서 공기를 찢어발기는 파공음이 폭발했다.

미간을 잔뜩 찌푸린 철혼이 대도를 휘둘러 머리 위로 뚝 떨어지고 있는 천수탈혼의 비도를 쳐냈다.

피비비비비비빗!

홍염사화의 화홍지가 빛살처럼 쏘아져 온 건 바로 이 순간이었다.

동시에 혈목괴의 팔이 휘어지며 철혼의 상체를 휘감았다.

게다가 천수탈혼의 손에서 또 다른 비도가 막 손을 떠나고 있었다.

거의 동시 다발적인 연수합격이었다.

철혼은 대도를 뻗었다.

칼끝이 천수탈혼의 손을 떠나고 있는 비도를 향하는 순간 손잡이에 있는 장치를 눌렀다.

'찰칵!' 소리와 함께 칼이 대도에서 분리되어 쏘아져 날아갔다.

철혼은 결과를 확인할 새도 없이 기다란 철곤을 기쾌하게 휘둘렀다.

꽈과과과과광!

홍염사화의 화홍지가 모조리 소멸했다.

철혼이 발출한 칼날은 천수탈혼의 비도와 충돌하여 짤막한 폭음을 터뜨리고 땅으로 꽂혔다.

바로 이때 혈목괴의 팔이 철혼의 상체를 완전히 휘감아 버렸다.

"놈! 잡았다!"

혈목괴가 만면에 희색을 띠며 소리친 순간이었다. 놀랍게도 나뭇가지처럼 앙상한 혈목괴의 살가죽에서 무수한 가시가 돋아나 철혼의 살을 파고들었다.

핏물이 주르륵 흘러내렸다.

"크흐흐! 이대로 네놈의 몸뚱이를 조여 내장까지 완전히 찢어버리겠다!"

혈목괴는 흑면사독 같은 꼴을 당하지 않기 위해 공력을 있는 대로 쏟아내 철혼의 몸뚱이를 단숨에 찢어버리려고 들었다.

잠시 멈칫거렸던 홍염사화와 천수탈혼 역시 철혼에게 기회조차 주지 않겠다는 듯 곧바로 공격을 감행했다.

홍염사화의 화홍지가 쾌속하게 쏘아졌고, 천수탈혼의 손에서는 세 자루의 비도가 날아올랐다.

철혼으로서는 절체절명의 순간이었다.

하나 철혼의 얼굴은 흔들림이 없었다.

천장절벽을 오르내리고, 수십 장 깊이의 바다 속에서 패왕광뢰도를 휘둘러 댔던 전신의 근육들이 단단하게 응축하여 몸 안으로 파고든 혈목괴의 가시가 더 이상 파고들지 못하도록 막았다.

물론 잠깐 버티는 정도에 불과했지만, 철혼에게는 그 정도의 시간이면 충분했다.

"……!"

더 이상 가시가 틀어박히지 않는 것에 혈목괴가 당황한 순간 철혼이 가시가 잔뜩 돋아나 있는 혈목괴의 팔을 덥석 움켜잡았다.

그리고 천뢰의 신공을 쏟아냄과 동시에 극쾌의 섬뢰보를 펼쳤다.

"크악!"

철혼의 손에서 시퍼런 뇌기가 작렬하자 혈목괴가 비명을 토하며 꼿꼿이 굳어버렸다.

시커멓게 타버린 팔이 중간에 나뭇가지처럼 부서져 버렸다.

철혼이 갑자기 섬뢰보를 펼쳐 버린 때문이었다.

이때 홍염사화와 천수탈혼은 철혼의 움직임을 쫓느라 정신이 없었다.

화홍지와 세 자루의 비도는 이미 목표를 잃고 엉뚱한 곳으로 날아가 버렸다.

"헉"

천수탈혼이 갑자기 헛바람을 들이켰다.

섬뢰보를 펼친 철혼이 그의 측면에서 덮쳐왔기 때문이다.

"조심!"

홍염사화가 소리치며 달려왔다.

일보에 이 장여를 건너뛰며 화홍지를 부리나케 발출했다.

그러나 한 걸음 늦고 말았다.

철곤들을 분리하여 양손에 쥐고 있던 철혼이 무지막지한 파괴력으로 분쇄곤을 쏟아냈다.

천수탈혼이 마지막 남은 열 개의 비도를 잇달아 발출하며 뒤로 신형을 날려보지만, 섬전처럼 덮쳐와 비도들을 무차별적을 날려 버리고도 힘이 남아돌아 천수탈혼의 전신을 마구 난타했다.

퍼버버벅빠바바박!

접근전에 취약한 천수탈혼이 철혼의 분쇄곤을 상대한다는 건 사실상 불가능에 가까웠다.

빠각!

천수탈혼의 머리통을 후려갈겨 버린 철혼이 빙글 돌았다.

홍염사화가 오 장 앞까지 쫓아와 양손을 미친 듯이 뻗고 있었다. 그녀의 손가락 끝에서 핏방울이 탄환처럼 마구 쏘아졌다.

수십 발의 화홍지가 빗발치듯 날아들었다.

"홍!"

코웃음 친 철혼은 땅을 박차고 전방으로 쏘아졌다.

그가 할 수 있는 최대한의 속도로 섬뢰보를 펼치며 빗발치듯 날아드는 화홍지를 향해 신형을 날렸다.

동시에 양손에 쥔 철곤들을 풍차처럼 마구 휘둘렀다.

꽈다다다다다당!

화홍지가 튕겨 나갔다.

그러나 모두가 그런 건 아니었다.

몇 발이 철혼의 몸 여기저기에 틀어박혔다.

그러나 핏물이 튀었을 뿐 철혼의 움직임을 막지 못했다.

"커헉!"

홍염사화의 아름다운 얼굴이 잔뜩 일그러졌다.

철곤 하나가 그녀의 가슴팍에 꽂혀 있었다.

"상대가 강하다는 걸 알았으면 처음부터 목숨을 걸었어야지."

세 사람은 처음부터 전력을 다했다.

하지만 목숨까지 걸지는 않았다. 전력을 다함과 동시에 목숨까지 걸었다면 지금보다 훨씬 더 어려운 싸움이 되었을지도 모를 일이다.

흑면사독까지 네 사람이 한꺼번에 목숨을 걸었다면 승부를 장담할 수 없었을 것이다.

접근전의 고수가 암전의 고수를 상대하는 건 그만큼 지난한 일이다.

철혼이 조소하며 철곤을 뽑았다.

홍염사화의 가슴에서 핏줄기가 튀었다.

퍽!

목뼈가 부러진 홍염사화가 그 자리에 고꾸라졌다.

즉사였다.

철혼은 한쪽으로 걸어갔다.

땅에 꽂혀 있는 칼을 회수하여 철곤들과 하나로 결합하여 대도로 만들었다.

그런 다음 여태 몸을 휘감고 있는 혈목괴의 팔을 움켜잡아 몸에서 확 잡아뗐다.

상의 자락이 부욱 찢어졌다.

철혼은 거추장스런 상의를 벗어 던졌다.

잘 발달한 근육이 드러났다. 몸 여기저기에서 핏물이 흐르고 있었다.

거기에는 관심조차 두지 않은 철혼이 돌연 입을 열었다.

"이제 그만 나오시지."

나직한 목소리였으나 기가 실린 음성이라 벌판 끝까지 울렸다.

그러자 한 사람이 벌판으로 걸어 나왔다.

머리에서 발까지 흑색 일색인 노인이었다.

얼굴에는 주름이 가득한데 가슴께까지 길게 기른 수염은 중년인처럼 흑빛이었다.

가늘게 뜬 두 눈에는 독사의 빛이 스멀거렸고, 얇은 입술에는 사악함이 가득했다.

노인은 빠르지도 느리지도 않은 걸음으로 다가왔다.

뒷짐을 지고 걷는 모습에 여유가 느껴졌다.

의도된 여유가 아니라 몸에 밴 강자의 여유였다.

철혼은 사도천의 고수 중에서 자신을 긴장하게 만들 정도의 인물들을 떠올려 보았다.

오래지 않아 한 사람을 떠올릴 수 있었다.

'흑사(黑邪)!'

칠사의 일인인 흑사가 틀림없다.

오래전부터 칠사의 수위를 차지하고 있을 정도로 엄청난 고수였다.

천하영웅맹에서는 흑사의 무위가 사도천에서 삼존 다음으로 강할 거라고 판단하고 있었다.

혹사는 혼자가 아니었다.

뒤로 한 명의 청년이 조용히 따르고 있었다.

두 눈이 사시인 청년이었다.

삼조장 능인에게 죽임을 당했던 총귀의 제자였다.

잠시 후, 혹사가 철혼 앞에서 걸음을 멈추었다.

혹사는 말이 없었고, 사시안 청년이 앞으로 나와 철혼을 향해 두 자루의 칼을 던졌다.

철혼은 발치에 떨어진 칼을 내려다보았다.

길이는 한 자가 조금 넘었고, 날의 폭은 협봉도처럼 좁은 쌍도였다.

섬혼도를 익힌 흑영대 삼조의 병기였다.

'삼조장!'

손잡이 끝에 아주 작은 붉은 수실이 달려 있어 기형도의 주인을 금방 알아차릴 수 있었다.

기형도는 삼조장 능인의 것이었다.

철혼은 눈을 치뜨며 사시안 청년을 바라봤다.

"구륜교 이천과 본 천의 혈전대(血戰隊) 일백이 흑영대를 도살하고 있다. 혈사께서 친히 상대해주고 있으니 흑영대는 전멸을 면치 못한다. 네놈이 한 식경 이내에 달려간다면 또 모르지만, 흑사께서 계시는 한 목숨을 부지하는 것조차 힘들 터이니, 사실상 흑영대는 오늘부로 세상에서 사라질 것이다."

무미건조한 음성으로 염왕의 판결을 대변하듯 말하고 있다.

마음에 들지 않는다. 화가 난다.

하나 그는 상대가 아니다.

흑사를 바라봤다.

말이 없다. 무겁게 입을 다물고 있다.

"흑사께서는 상대할 가치가 없는 자에겐 입을 열지 않으신다. 묻고자 하는 바가 있다면 나에게 말하라."

사시안 청년의 말에도 철혼은 흑사에게서 시선을 떼지 않았다.

"도살? 우습군. 그 사람들이 누군지 아나?"

"흑영대가 강하다는 건 인정한다. 하지만 이번엔 다를 것이다. 혈사께서 나서신 이상……."

"날 가르친 선배들이다. 전장의 살귀, 흑수라를 가르친 사람들이 너희 따위에게 그리 쉽게 당할 것 같으냐!"

철혼의 분노가 쩌렁 폭발하고 있었다.

"다시 말하지만 혈사께서 직접……!"

"닥쳐라! 혈사고 흑사고 간에 적어도 내가 도착할 때까지는 기다리고 있을 거다. 그러니 촉새처럼 나불거리려거든 날 쓰러뜨린 다음에나 해라."

철혼은 대도를 뒤로 늘어뜨리며 흑사를 응시했다.

조급함 따위는 보이지 않았다.

눈앞의 승부에 집중하는 모습이었다.

게다가 두 눈이 차갑게 가라앉아 있다.

그 안에 활화산 같은 분노가 깊이 잠겨 소용돌이 치고 있다.

"좋은 눈이다."

흑사가 갑자기 입을 열었다.

사시안 청년이 흠칫 놀랐다.

'흑사께서 그를 인정한단 말이냐!'

사시안 청년이 놀라움을 금치 못한다는 표정으로 철혼과 흑사를 번갈아 봤다.

순간 철혼이 발치에 뒹굴고 있는 기형도를 걷어찼다.

픽!

사시안 청년의 두 눈이 화등잔만 하게 커졌다.

기형도가 그의 가슴에 박혀 있었다.

"총귀와 같은 기운이군."

중얼거린 철혼이 또 하나의 기형도를 걷어찼다. 빛살처럼 날아간 기형도가 사시안 청년의 얼굴에 꽂혔다.

사시안 청년이 부들부들 떨다가 그 자리에 고꾸라졌다. 흑사가 있다는 생각에 방심한 결과였다.

철혼은 흑사를 바라봤다.

천뢰의 신공을 두루 움직인 후 대도에 가득 실었다.

대도의 칼날에 뇌기가 요란하게 튀었다.

"천뢰신공! 꼭 한번 겨뤄보고 싶었다."

흑사가 말하며 뒷짐을 풀었다.

양손을 자연스럽게 늘어뜨린 후 손가락들을 곧게 폈다.

그러자 놀랍게도 돌돌 말려 있던 손톱들이 한 자 길이의 칼날처럼 곧게 펴졌다.

마치 시커먼 칼날 열 개를 양손에 나눠 쥐고 있는 것 같았다.

"흑마조(黑魔爪)!"

철혼이 낮게 중얼거렸다.

스승이신 맹주에게 들었던 기억이 퍼뜩 떠올랐다.

─네가 강해진 만큼 상대할 적들도 강해진다는 걸 명심해라. 지금은 칠십이귀 정도를 상대하고 있지만, 너의 무위가 올라가고, 너에 대한 저들의 경계심이 커질수록 점점 더 무서운 이들을 마주하게 될 게야. 하나 걱정할 건 없다. 네가 천뢰의 신공을 팔성 이상 연성하게 되면 칠사(七邪)와 오흉(五凶)도 능히 상대할 수 있을 게다. 다만 한 사람, 칠사들의 우두머리인 흑사를 상대할 때는 반드시 유념해야 할 게 있다.

─그에겐 만병(萬兵)이 무효하고, 만공(萬功)이 무용하다.

병장기와 공력의 이점이 통하지 않는다는 뜻이다.

만병의 왕은 검(劍)이라 하지만, 그 근원은 곤(棍)이다.

하나 곤 이전의 것이 있으니 그건 바로 사람의 손이다.

손이야말로 만병의 근본이다.

흑사의 병기는 손톱이다.

칼날 같은 손톱이야말로 그 어떤 병기보다 강하다. 열 개를 동시에 사용하니 손가락과 손목 그리고 팔의 움직임에 따라 무수한 변화를 일으킬 수 있다.

하니 만병의 왕이라는 검보다 현란하고, 만병의 근원이라는 곤보다 훨씬 더 자유롭다.

거기에 흑사가 적공한 공력은 유명공(幽冥功)이다.

절대의 어둠에 비견되는 게 유명공이다.

화(火), 수(水), 토(土), 금(金), 목(木), 뢰(雷), 독(毒)…….

빛조차 삼켜 버리는 어둠 속에서는 그 어떤 기운도 힘을 쓰지 못한다.

유명공의 강점은 거기에 있다.

'하지만……!'

흑사가 삼존에 들지 못하는 것에는 그만한 이유가 있을 것이다.

그 이유를 공략한다면 능히 이길 수 있다.

문제는 그 이유를 알지 못한다는 것이지만.

'아니, 아니다. 상대의 약점 같은 건 필요치 않다. 중요한 건 그 역시 완벽하지 못하다는 것이다. 완벽하지 못한 것은… 더 강한 힘에 부서지게 되어 있다.'

철혼은 뒤로 늘어뜨린 대도를 더욱 힘주어 움켜잡았다.

이도(二刀)는 없다.

단 일도의 승부다.

거기에 목숨을 건다.

"천뢰신공이 있으니 천하영웅맹 맹주라 생각하고, 너의 승부에 응해주마!"

흑사가 고개를 끄덕였다.

일도의 승부에 응해주었다.

철혼은 전신의 공력을 대도에 집중했다.

두 눈은 한 점을 응시했다.

흑사의 중심, 바로 심장이다.

거기에 일도를 긋는다.

쪼개면 쓰러질 것이고, 그렇지 못하면 당할 것이다.

모든 신경을 집중한 순간이다.

돌연 바람이 불었다. 흑사의 옷자락을 펄럭이게 만들며 철혼에게로 불어왔다.

완벽에 가까울 정도로 약점을 내보이지 않는 흑사이지만, 바람을 막지는 못했다.

대자연의 위대함이라 여긴다면 과장이리라.

하나 철혼은 대자연의 위대함을 떠올리고 있었다.

하늘을 찌를 듯 솟아 있는 황산의 이름 모를 기암절벽 위에서 느꼈던 대자연의 감함에 대한 감흥이 이 순간 다시 떠오르고 있었다.

자신의 칼이 나아갈 길을 제시해 준 감흥이었다.

'대자연의 흐름은 결코 멈추는 법이 없다!'

대자연은 그 장엄하고 도도한 흐름 속에 천지간의 만물을 기꺼이 포용하고 있다. 그러니 천지간의 일개 구성요소에 불과한 인간을 어찌 대자연의 위대함에 견줄 수 있겠는가.

몸 안의 공력 역시 그와 같다면 대자연의 위대함을 흉내라도 낼 수 있을까?

패왕의 굉뢰도가 강한 건 촌음의 순간도 멈추지 않고, 강하고 파괴적인 흐름을 폭발적으로 뻗어내기 때문이다.

멈추지 않고.

강하고 파괴적인 흐름.

폭발적인 운용.

이 세 가지야말로 패왕도의 핵심이다.

화아아악!

철혼의 주변 공간이 우그러드는 듯한 기현상이 일어났다.

절대의 존재감이 천지사방을 넘실거리며 자신을 과시했다.

그에 흑사가 처음으로 이맛살을 찌푸렸다.

철혼의 모습에서 뭔가 심상치 않음을 느끼고 일보에 간격을 무용하게 만들며 섬전처럼 쏘아졌다. 그의 신형이 엿가락처럼 늘어지자 마치 지옥을 뛰쳐나온 흑마룡이 무시무시한 발톱을 앞세우고 사납게 달려드는 것 같았다.

철혼이 두 눈을 부릅떴다.

'지굉지강(至宏至剛)! 지굉지통(至宏至通)! 지굉지성(至宏至成)!'

─모든 것을 아우르는 것이야말로 굉(宏)이다. 지극히 넓고 큰 것은 모든 걸 포용한다. 그래서 관용(寬容)이다. 둥글고 모나고를 가리지 않고, 좋고 나쁘고를 가리지 않는다. 만물이 그 안에 있다.

'지공굉참(至功宏斬)!'

─굉뢰도는 모든 것을 베어야 한다.

'만병(萬兵)이 무효하고, 만공(萬功)이 무용하다면 그 무효함과 무용함마저 베어버리겠다!'

철혼이 대도를 휘둘렀다.

부가아아아아아아악!

공간을 찢어발기는 패왕굉뢰도의 절초 패왕도(覇王刀)가 가공할 굉음을 폭발시켰다.

이때 코앞까지 쇄도한 흑사의 흑마조가 사납게 공간을 할퀴었다.

지옥 흑마룡의 발톱이 천지간을 찢어발기는 기세였다.

서로의 눈을 확인한 두 사람은 그 기세 그대로 격돌했다.

콰— 앙!

두 사람의 기운이 충돌하자 막대한 파괴적인 기류가 까마득한 높이로 확 솟구쳤다가 이내 지상으로 쏟아지며 들판을 완전히 초토화시켜 버렸다.

*　　　*　　　*

사도천 칠사의 일인인 혈갑악부(血甲惡斧)와 흑영대의 일개 조장인 탁일도!

명성이 너무 한쪽으로 기운다.

흑영대를 동경하는 열혈의 무리도 혈갑악부의 손을 들어줄 것이다.

아군인 흑영대 역시 크게 다르지 않았다.

그들도 탁일도가 혈갑악부를 이길 거라 여기지 않아 얼굴에 염려의 기운이 가득했다.

그러나 당사자인 탁일도는 그렇지가 않았다.

'승패에는 져도 기세는 지고 싶지 않다!'

자신보다 머리 하나는 더 큰 혈갑악부를 향해 저돌적으로 달려들었다.

　수중의 철곤들을 파상적으로 휘둘러 댔다.

　분쇄곤의 굉장한 파괴력이 폭풍처럼 쏟아졌다.

　꽈다다당! 꽈가가강!

　탁일도의 분쇄곤은 파괴력 못지않게 빨랐다. 그럼에도 혈갑악부가 거대한 도끼로 놓치지 않고 막았다.

　"좋구나! 네놈 이름이 무어냐?"

　"탁일도! 철갑을 부숴 버릴 이름이니 기억해 두시오!"

　"좋다! 좋아! 사내가 이 정도의 배짱은 있어야지!"

　혈갑악부가 마음에 든다는 듯이 외쳤다.

　하나 그의 도끼는 만근의 거력으로 탁일도의 분쇄곤을 찍었다.

　단숨에 두 쪽으로 갈라 버릴 기세였다.

　배짱은 마음에 들지만, 신분마저 그런 건 아니다.

　사도천과 천하영웅맹은 불과 물 이상으로 앙숙이자 철천지원수지간이나 마찬가지 아니던가.

　꽈아아악!

　대기를 쪼개며 찍어오는 기세가 무시무시했지만, 탁일도는 한 걸음도 물러서지 않고 악착같이 버텼다.

　"얼른 가!"

　찰나의 호흡을 멈추고 섭위문을 향해 소리쳤다.

　"어림없다!"

　혈갑악부가 더욱 거세게 도끼를 찍었다.

괭음이 터지며 탁일도가 주르륵 밀렸다.

"한 번 더 받아봐라!"

혈갑악부가 성큼 짓쳐오며 번쩍 치켜든 도끼를 가공할 힘으로 내려찍었다.

순간 시커먼 그림자가 섬전처럼 끼어들어 번개 같은 일도를 그었다.

쩌― 컹!

쇳소리가 터졌다.

혈갑악부의 도끼가 궤적을 이탈했다.

"넌 또 누구냐?"

"섭위문!"

"그냥 가라니까!"

섭위문과 탁일도가 동시에 입을 열었다.

두 사람은 서로를 돌아보았다.

섭위문이 웃었다.

전장에서 처음으로 보이는 미소다.

지금껏 숱한 전장을 함께 종횡했지만, 전장에서는 저와 같은 미소를 단 한 번도 보여주지 않은 섭위문이었다.

"돌파는 탁 조장이 낫다! 서둘러!"

섭위문이 외치며 혈갑악부를 향해 쇄도했다.

섬전처럼 달려들어 사영도(死影刀)의 도초를 있는 대로 퍼부었다. 그 기세가 어찌나 강렬했는지 혈갑악부가 잠시나마 눈을 치뜰 정도였다.

"가자!"

탁일도는 주저하지 않았다.

섭위문과는 성격이 판이하게 달랐지만, 전장에서만큼은 이심전심으로 잘 통했다.

아직 적진을 완전히 빠져나가지 못했다.

자신이 벌 수 있는 시간만큼 섭위문 역시 벌 수 있을 것이다. 하니 그의 말대로 적진을 돌파하는 건 자신이 맡는 게 더 나을 것이다.

탁일도는 뒤도 안 돌아보고 돌진했다.

좌우에서 구류교도들이 몰려와 앞을 막으려고 들었다.

다시금 인의 장벽이 구축된다면 이번엔 빠져나가지 못한다. 계속된 혈전에 대원들이 지쳐 버렸기 때문이다.

지금의 함정을 계획한 자는 거기까지 계산해 두었을 터, 그걸 타파하려면 사력을 다해 놈의 예상을 넘어서 버려야 한다.

"죽고 싶지 않으면 비켜라!"

탁일도가 살기 높여 쩌렁 고함을 지르며 위맹하게 질주했다.

뒤에서 대원들이 마지막 남은 강전들을 퍼부었다.

"크악!"

"컥!"

숨이 넘어가는 비명을 토하며 구류교도들이 마구 쓰러졌다.

좌우에서 몰려드는 족족 강전에 맞아 쓰러지고, 그사이 광기를 몰고 온 탁일도가 무지막지한 철퇴를 가하니 구류교도들은 속수무책으로 고꾸라졌다.

흑영대원들은 탁일도의 뒤를 빠르게 쫓았다.

후미의 일조까지 따라붙어 적진을 완전히 빠져나가는 듯했다.

바로 그때였다.

거대한 그림자가 허공을 날아와 '쿵!' 하는 굉음을 터뜨리며 탁일도의 앞쪽에 내려꽂혔다.

"헉!"

탁일도가 깜짝 놀라 걸음을 멈추고 보니 눈앞에 거대한 통나무가 땅에 깊숙이 박혀 있었다.

어른 두 사람이 두 팔을 벌려야 닿을 정도로 커다란 것이었다.

탁일도는 굉장한 실력자가 날린 것임을 알아차리고 주위를 둘러보았다.

그때였다.

휘— 익!

허공을 날아오는 사람이 있었다.

그런데 이상했다, 고수의 몸놀림이 아니었다.

탁일도가 의아하여 바라보는 가운데 허공을 날아온 사람이 땅에 박힌 통나무에 등을 부딪쳤다.

순간 '쾌— 액!' 하는 날카로운 파공음이 터지더니 통나무에 등을 부딪친 사람의 가슴에 무언가가 틀어박혔다.

"크윽!"

신음이 터져 나왔다.

탁일도는 무슨 상황인지 납득할 수가 없어 주위를 둘러보았다.

바로 그때 삼조원인 사홍이 찢어지는 고함을 질렀다.

"조장!"

탁일도는 이게 무슨 소린가 싶어 사홍을 돌아봤다.

사홍은 혼비백산한 얼굴로 통나무에 틀어박힌 사람을 바라보고 있었다.

'서, 설마?'

탁일도는 두 눈을 부릅뜨며 돌아봤다.

큼지막한 장창이 가슴을 꿰뚫어 통나무에 박혀 있는 작은 키의 혈인이 보였다.

퉁퉁 부어오른 얼굴이 피투성이였지만, 자세히 보니 못 알아볼 수가 없었다.

"삼조장!"

삼조장 능인이었다.

탁일도를 비롯한 흑영대가 놀라 달려가려고 했다. 그러나 곧 걸음을 멈추어야 했다.

금빛의 화려한 무복을 갖춘 구륜교도들이 앞을 막아버렸다.

금륜명귀단(金輪冥鬼團)!

구륜교가 자랑하는 최강의 무력단.

그들이 얼마나 강한지는 모르나 탁일도와 흑영대의 눈에는 들어오지 않았다.

"능인!"

탁일도가 소리쳤다.

능인은 탁일도의 고함을 듣고 힘겹게 고개를 들었다.

동료들이 삼십여 보 앞에 있었다.

그러나 너무 멀었다.

반면 구륜교도들은 그의 가까이에 있었다. 칼을 휘두르면 언제든 자신의 목을 자를 수 있을 위치였다.

능인은 천천히 고개를 저었다.

자신을 구할 생각 말고 그냥 가라는 뜻이었다.

그게 맞다.

한 사람을 구하자고 흑영대 전부가 위험에 처할 수는 없다.

하지만 그럴 수 없다.

이미 오래전부터 흑영대는 위기에 처한 동료를 내버려 두지 않는 철칙을 세웠다.

철혼이 소악귀 시절에 상명하복을 어겨가면서까지 설친 덕분이었다.

—제 수하조차 지키지 못하면서 무슨 천하를 바꾸겠다는 겁니까? 내가 있고, 동료가 있기에 천하도 있는 겁니다.

당시 철혼이 했던 말이다.

이후 흑영대는 단 한 명의 대원을 구하기 위해 전 대원이 위험에 뛰어드는 걸 마다하지 않았다.

어리석다고 비웃음을 받을 수도 있는 일이지만, 흑영대원들은 당연하다고 받아들였다. 그 덕분에 흑영대의 동료애는 그 어떤 무리보다 더욱 단단하고 강한 힘을 발휘하게 만들어주었다.

그래서 탁일도를 비롯한 흑영대는 발걸음을 멈출 수밖에 없었다.

"감히 내 아들을 죽이고 네놈들이 천년만년 무사할 성싶더냐!"

천둥 같은 일갈이 전장을 쩌렁 뒤흔들었다.

섭위문과 혈갑악부가 싸움을 멈출 정도였다.

탁일도 등이 돌아보니 그리 멀지 않은 일 층 건물 지붕 위에 몇 사람이 보였다.

그중 눈에 띄는 두 사람이 있었으니, 검은 용포를 걸친 노인과 충귀였다.

탁일도 등은 검은 용포의 노인이 구륜교주라는 걸 한눈에 알아볼 수 있었다.

"보이느냐? 세상이 어둠에 잠기고 있다. 네놈들을 지옥으로 보내기 위해 지옥문이 열리기 위함이 아니고 무엇이겠느냐!"

구륜교주가 양팔을 벌려 엄숙하게 소리쳤다.

먹장구름이 몰려와 천지사방을 어둠에 잠기게 만들고 있었다.

구륜교주는 그것이 마치 자신의 조화인양 행세하고 있었다.

"쏟아져라! 퍼부어라! 저놈들이 흘린 피조차 남김없이 씻어버려라! 세상에 그 흔적조차 남기지 못하도록 하여 영겁의 시간 동안 암흑 속에서 영혼조차 구함 받지 못하도록 나의 엄준한 명령을 받들어라!"

구륜교주의 전신에서 휘황찬란한 금빛의 기류가 솟아나 거대한 금빛 이무기의 용틀임처럼 마구 요동치더니 이내 천중으로 끝없이 치솟아 먹장구름 속으로 파고들었다.

그러자 굵은 빗방울이 하나둘 후두둑 떨어지기 시작하더니, 금세 억수같이 쏟아졌다.

그 놀라운 조화에 일천여 명의 구륜교도가 일제히 부복하고 엎드렸다. 그들로서는 교주의 신령함은 앙망불급(仰望不及)이라, 우러러 보아도 미처지 못하니 교주의 존체를 어찌 숭앙봉대하지 않을까.

구륜교주는 세상이 자신 앞에 부복하고 있다는 듯 고개를 크게 끄덕이더니 흑영대를 향해 노기 가득한 눈길을 주었다.

"감히 본교주의 핏줄을 죽였으니, 그 죄 능지처참으로 다스릴 것이니, 지옥에 가거든 지옥왕 앞에 석고대죄 하도록 하여라!"

구륜교주의 서슬 푸른 살기가 흑영대를 향해 무섭게 휘몰아쳤다.

이때였다.

"인세는 지옥이고, 지옥에 흑수라가 강림하였거늘 누가 감히 지옥을 운운한단 말이냐!"

살기 넘치는 목소리가 쏟아지는 빗줄기를 뚫고 모두의 머릿속을 뒤흔들었다.

피아를 막론하고 모두들 시선을 돌려보니 상처투성이인 상체를 고스란히 드러낸 철혼이 대도를 길게 늘어뜨린 채 빗속을 뚫고 저벅저벅 걸어오고 있었다.

그의 걸음이 흐르는 흙탕물을 튀길 때마다 섬뜩한 살기가 사방팔방으로 넘실거렸다.

"망할! 무복을 또 사주어야겠군."

탁일도가 안도하며 중얼거렸다.

『패도무혼』 6권에 계속…

허담 新무협 판타지 소설
FANTASTIC ORIENTAL HEROES

수선경

작은 샘이 바다로 모여들 듯,
만류의 법이 하나로 회귀하듯,
다섯 개의 동경이 드디어 하나로 모인다.

검을 만드는 사람과
검을 쓰는 사람,
그리고 검을 버리는 사람의 이야기!

천명을 타고 태어난 **청풍**과 **강검산**
그리고 혈로를 걸어온 살수 **타유**,
그들이 다섯 줄기의 피의 숙명과 마주한다.

Book Publishing CHUNGEORAM

유행이 아닌 자유추구 -
WWW.chungeoram.com

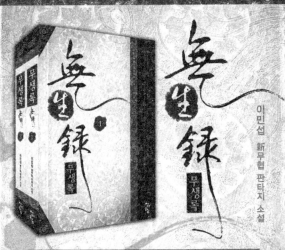

이민섭 新무협 판타지 소설

죽지 못하는 자는 살지 못하는 것과 같다.
그래서 그는 스스로를 무생(無生)이라 부른다.

은퇴한 기인들의 마을, 득도촌
그곳에서 가장 기이한 자는…
은거기인들마저 놀라게 하는 한 명의 청년

"오, 무엇도 궁금해하지 말것!"

부엌칼로 태산을 가르고,
곡괭이질로 산을 뚫는 차, 무생!

흘러 들어온 **남궁가의 인연**으로,
죽지 못해서 살아온 그가
이제 죽기 위해 무림으로 나선다.

살지 못한 자가 비로소 살게 되었을 때
천하가 오롯이 그의 것이 되리라!

Book Publishing CHUNGEORAM
www.chungeoram.com

FUSION FANTASTIC STORY
천성민 장편 소설

짐승의 규칙

『무결도왕』『다크로드 블리츠』
천성민 작가의 신간!

『짐승의 규칙』

살아야만 했다.
나를 위해 희생당한 부모님을 위해.
복수를 위해.

죽여야만 했다.
내가 살기 위해 타인의 목숨을.

그렇게……
나는 짐승이 되었다.

Book Publishing CHUNGEORAM

유행이 아닌 자유추구 -
WWW.chungeoram.com